Jürgen Hesse / Hans Christian Schrader

Das 1 x 1 der erfolgreiche Bewerbung

- perfekte schriftliche Bewerbung
- überzeugendes Vorstellungsgespräch
- geschickte Gehaltsverhandlung

Eichborn.

Die Autoren

Jürgen Hesse, Jg. 1951, Diplom-Psychologe im Büro für Berufsstrategie, Geschäftsführer der Telefonseelsorge Berlin e.V.
Hans Christian Schrader, Jg. 1952, Diplom-Psychologe am Krankenhaus Am Urban (Abt. Psychotherapie/Psychosomatik) in Berlin.
Div. gemeinsame Veröffentlichungen, u.a.: Das neue Test- Trainings-Programm; Testtraining für Ausbildungsplatzsuchende der 90er Jahre; Bewerbungsstrategien für Abiturienten; Bewerbungsstrategien für Hochschulabsolventen; Bewerbungsstrategien für Führungskräfte; Berwerbungsstrategien für Frauen; Krieg im Büro; Die Neurosen der Chefs; Assessment Center; Das erfolgreiche Vorstellungsgespräch; Arbeitszeugnisse; Optimale Bewerbungsunterlagen; (alle im Eichborn Verlag).

Anschrift der Autoren
Jürgen Hesse/Hans Christian Schrader
c/o Eichborn Verlag
Kaiserstr. 66
60329 Frankfurt a.M.

oder direkt an
Hesse/Schrader
Büro für Berufsstrategie
Stubenrauchstr. 10
12161 Berlin (Friedenau)
Tel. 030 – 851 92 06
Fax. 030 – 851 92 61

Die Deutsche Bibliothek – CIP-Einheitsaufnahme

Hesse, Jürgen:
Das 1x1 der erfolgreichen Bewerbung: perfekte schriftliche Bewerbung, überzeugendes Vorstellungsgespräch, geschickte Gehaltsverhandlung
Jürgen Hesse/Hans Christian Schrader. – Frankfurt am Main :
Eichborn, 1996
ISBN 3-8218-1405-5
NE: Schrader, Hans Christian:; Hesse, Jürgen: Das Einmaleins der erfolgreichen Bewerbung; Schrader, Hans Christian: Das Einmaleins der erfolgreichen Bewerbung

Umschlaggestaltung: Christina Hucke, Stephanie Weischer
Lektorat: Waltraud Berz
Gesamtproduktion: Fuldaer Verlagsanstalt GmbH, Fulda
ISBN 3-8218-1405-5

Verlagsverzeichnis schickt gern:
Eichborn Verlag, Kaiserstraße 66, D-60329 Frankfurt/Main

Inhaltsverzeichnis

Fastreader
Übersicht für eilige Leser 6

Vorbereitung
Die richtige Einstellung zur Einstellung 8
Ihre Ausgangsposition – Einstellungssache 8
Die Bewerbung als klassische Prüfungssituation 8
Können, Wollen, Möglichkeiten 9
Was kann ich? 9
Was will ich? 11
Was ist möglich? 12
Recherchieren – wer kann was für mich tun? 13

Bewerbungsunterlagen
Worauf es ankommt, damit Sie ankommen 14
Das Bewerbungsanschreiben 14
Zur inhaltlichen Gestaltung 15
Das »A und O« 16
Der Lebenslauf 16
Form, Gliederung, Inhalt 17
Etwas Neues: Ihre Dritte Seite 20
Anlagen – Fotos und andere wichtige Dinge 22
Zeugnisse 23
Handschriftenprobe 26
Referenzen 26
Arbeitsproben 27
Wichtige technische Details 27
Beispiele 28
Kurzkommentare zu den Beispielen 47
Versand 48
Schriftliche Bewerbungssonderformen 48
Die telefonische Bewerbung 49

Vorstellungsgespräch

Fragen, Hintergründe und erfolgreiche Antwortstrategien . . 51
Wie Sie sich von Ihrer besten Seite präsentieren 51
Wenn Sie eingeladen werden 51
Hintergrund und Intention 52
Sympathie – zur Psychologie des ersten Eindrucks 53
Ausgangsposition 54
Infos: Aufgabe – Position – Branche – Arbeitsplatzanbieter 56
Gesprächsablauf und Fragenreperoire 57
1. Einleitung des Gesprächs 58
2. Motive der Bewerbung und Leistungsbereitschaft 59
3. Beruflicher Werdegang, Aus- und Weiterbildung 63
4. Persönlicher, familiärer und sozialer Hintergrund 66
5. Gesundheitszustand 70
6. Berufliche Kompetenz und Eignung 71
7. Informationen für den Bewerber 72
8. Arbeits- und Vertragskonditionen 72
9. Fragen des Bewerbers 73
10. Abschluß des Gesprächs und Verabschiedung 73
Fragen an Azubis 74
Fragen an Arbeitslose 76
Fragen an Frauen 77
Fragen an Führungskräfte 78
Gesprächsführung – Frage- und Antworttechniken 80
Umgang mit unangenehmen Fragen 80
Einzel- oder Gruppengespräch 82
Notlügen aus Notwehr – rechtliche Probleme 84
Gruppendiskussion 85
Körpersprache 87
Kleidung 89
Beurteilung und Bewertung: Auf den Punkt gebracht 90

Testverfahren
Unheimliche Begegnungen der 3. Art 91
Assessment Center 92
Persönlichkeitstests 94
Personalfragebögen – ausgefragt und abgeblitzt 96

Gehaltsverhandlung
Über das Auskommen mit dem Einkommen 98
Selbstbewußtes Auftreten 98
Manchmal ist weniger mehr 100
Auf die Vorbereitung kommt es an 101

Einstieg
Die ersten 100 Tage 103

Merksätze
Die häufigsten Fehler und wie Sie diese vermeiden 105

Anzeigen 108

Fastreader
Übersicht für eilige Leser

In Zeiten eines enger werdenden Arbeitsmarktes ist es besonders wichtig, sich auf die Bewerbung vorzubereiten. Wie gestaltet man seine schriftlichen Bewerbungsunterlagen optimal, und welche Fragen sind im Vorstellungsgespräch zu erwarten?
Das »1x1 der erfolgreichen Bewerbung« sagt, wie Sie es anstellen, eingestellt zu werden. Egal ob Ein-, Um- oder Aufsteiger – mit der überzeugenden Formulierung Ihrer schriftlichen Unterlagen und den richtigen Argumenten im Vorstellungsgespräch verbessern Sie Ihre Chancen bei der Eroberung des von Ihnen gewünschten Arbeitsplatzes.
Erkennen Sie Ihre wirklichen Stärken. Entwickeln Sie Ihr berufliches und persönliches Profil, und lernen Sie, wie Sie Arbeitsplatz- und Gehaltsverhandlungen zu Ihren Gunsten lenken.
Bewerbungen sind Schwerstarbeit. Dieses Buch verdeutlicht, worauf es wirklich ankommt – bei Bewerbungsplanung, Einstieg, Wechsel, Aufstieg, bei Bewerbungsanschreiben, Lebenslauf, Tests und Vorstellungsgesprächen.
Die zentralen Themen:

Vorbereitung
* Selbstbild und Fremdbild – Ihre Einstellung zur gewünschten Einstellung (S. 8)

Bewerbungsunterlagen
* Bewerbungsschreiben – die Kunst sich zu »vermarkten« (S. 14)

Vorstellung
* Die Essentials im Vorstellungsgespräch – worum geht es wirklich? (S. 53)
* Alle Fragen, die Ihnen Personalchefs stellen können, Hintergründe und Hinweise, die Sie bedenken sollten (S.57)
* Wann Sie ungestraft lügen dürfen und warum (S. 84)
* Was Sie auf unangenehme Fragen antworten können (zu alt/zu jung/ zu unerfahren/zu teuer – und andere Provokationen) (S. 80)
* Wie bringen Sie den Personalchef zu der Überzeugung, daß Sie der/ die Richtige sind? (S. 79)

Vorsicht

* Über unheimliche Begegnungen der 3. Art und wie Sie sich davor schützen. Testfrage: Welcher Tag war vorgestern, wenn der Tag nach übermorgen zwei Tage vor Samstag liegt? (S.91)
* Tips, Tricks und Tretminen – die häufigsten Fehler und wie Sie diese vermeiden (S. 105)

Gehaltsverhandlungen

* Wie Sie das Beste für sich rausholen (S. 98)

Einstieg

* Die ersten 100 Tage (S. 103)

Vorbereitung
Die richtige Einstellung zur Einstellung

Ihre Ausgangsposition – Einstellungssache

Worauf kommt es an? Auf die Wahrnehmung, um es einmal psychologisch auszudrücken, auf die Selbst- und Fremdwahrnehmung. Es geht um die Brille, durch die Sie die Welt und vor allem die anderen Menschen sehen. Und natürlich geht es auch um die Brille, durch die Sie von den anderen gesehen werden. Hier sind wir schnell bei negativen Begriffen wie Vorurteil, Rollenklischee, aber auch bei positiven wie Image, Selbstbild und Selbstwertgefühl.
Wer wirklich überzeugt ist, daß er/sie etwas erreichen kann, ist seinem Ziel sicher schon ein ganzes Stück näher. Bereits die Bibel bestätigt uns sinngemäß: Hättet ihr nur ein Fünkchen Glauben, ihr könntet Berge versetzen...
Worum geht es? Jede Aufgabe bedarf der geistigen Einstimmung und Vorbereitung. Im weiteren Verlauf sprechen wir von Einstellung, um damit den psychischen Zustand zu beschreiben, der einen gefestigt im Glauben an Erfolg diesen auch wirklich erzielen läßt.
Eine Bewerbung ist immer ein gutes Stück Überzeugungsarbeit. Wer überzeugen will, braucht Kraft (nämlich Überzeugungskraft). Diese muß man zunächst aus sich selbst schöpfen können. Zudem bedarf es auch der Unterstützung durch die Umwelt (Verwandte, Freunde und Bekannte usw.).
Eine intensive Auseinandersetzung mit Ihrer inneren Einstellung zu der vor Ihnen liegenden Aufgabe »Arbeitsplatzsuche« wird Ihnen bei diesem wichtigen Vorhaben helfen. Dies gilt hier wie für alle wichtigen Unternehmungen in unserem Leben.

Die Bewerbung als klassische Prüfungssituation

In jeder Prüfung stecken Chance und Risiko zugleich: Bestätigung oder Abweisung. Das Risiko, abgewiesen zu werden, ist auf dem heutigen Arbeitsmarkt ungleich höher, was die Notwendigkeit schafft, sich am besten von Anfang an klar zu machen, daß eine mögliche Ablehnung nicht zu einem gekränkten Selbstwertgefühl führen sollte. Man hat es nun mal mit dem komplizierten Gebilde Arbeitsmarkt zu tun. Außerdem: nicht jeder Job ist für jeden geeignet und umgekehrt.

Grundregel Nummer 1 ist die gezielte und sorgfältige Vorbereitung auf Ihre Bewerbung. Verdeutlichen Sie sich, daß jeder Schritt, jede Aktivität in der Bewerbungssituation auch immer eine Arbeitsprobe ist.
Vor allem aber sollte eine elementare Selbstvergewisserung und Bestandsaufnahme auf Ihrem Vorbereitungsprogramm stehen. Dabei helfen ein paar grundsätzliche Überlegungen:
Nehmen Sie sich zunächst Zeit für eine persönliche Standortbestimmung:

- Was liegt hinter Ihnen?
- Wie schätzen Sie sich und Ihre Fähigkeiten ein?
- Wie sieht die aktuelle Situation aus, mit der Sie sich auseinandersetzen müssen? (Neueinstieg/Wechsel/drohende Arbeitslosigkeit/Langzeitarbeitslosigkeit/Aufstieg usw.)

Wo immer Ihr Standort ist, Sie kommen an den folgenden drei elementaren Aspekten nicht vorbei:

Können, Wollen, Möglichkeiten

Die folgenden Checklisten sollen Ihnen eine Anleitung sein, die kniffligen Fragen über ihre Fähigkeiten, Zukunftspläne und deren Durchführbarkeit zu beantworten.

Was kann ich?

Die aufgeführten Punkte liefern Ihnen ein Profil Ihrer Fähigkeiten, das Ihnen Aufschluß über sich selbst und Ansatzpunkte zu Ihrer Selbstdarstellung in der Bewerbungssituation gibt.

1. Persönliche Eigenschaften und Merkmale
- Was sind Ihre wichtigsten persönlichen Stärken (im Sinne von positiven Wesens- und Charaktermerkmalen)?
- Was sind Ihre größten Schwächen?
2. Berufliche Qualifikationsmerkmale
- Was sind Ihre wichtigsten beruflichen Fähigkeiten?
- Auf welchen beruflichen Gebieten haben Sie Defizite?
3. Außerberufliche (Freizeit-)Fähigkeiten
- Durch welche besonderen Aktivitäten und/oder Fähigkeiten zeichnen Sie sich in Ihrer Freizeit aus?

– Auf welchen Gebieten wünschen Sie sich mehr Fähigkeiten oder ein stärkeres Engagement?

Um Ihnen ein plastischeres Bild zu geben, sei dies im folgenden näher ausgeführt. Überlegen Sie, wie Sie die genannten Qualifikationsmerkmale mit Ihrer Person in Verbindung bringen.

1. Persönlichkeit

Leistungsbereitschaft
Lernbereitschaft
Auffassungsvermögen
Aufgeschlossenheit
Selbstdisziplin
Belastbarkeit
Ausdauer/Geduld
Pflichtbewußtsein
Verantwortungsbewußtsein
Zuverlässigkeit
Ehrlichkeit/Loyalität
Vertrauenswürdigkeit
Begeisterungsfähigkeit
Zielstrebigkeit
Organisationsvermögen
Eigeninitiative
Entscheidungsfähigkeit
Spontaneität
Risikobereitschaft
Selbstsicherheit
Selbständigkeit
Durchsetzungsvermögen
Überzeugungskraft
Kreativität
Kontaktfähigkeit
Anpassungsfähigkeit
Teamfähigkeit
Kommunikationsfähigkeit
Kompromißbereitschaft
Toleranzfähigkeit
Zuhör-Fähigkeit
Kritikfähigkeit
Äußere Erscheinung
Auftreten/Umgangsformen
Sprachliche Fähigkeiten
Ausdrucksvermögen

2. Beruf

Ausbildung
Berufserfahrung
Bisherige berufliche Aufgabengebiete
Berufliche Kenntnisse/Fähigkeiten/Interessen
Berufliche Weiterbildungsmaßnahmen (von Fachliteratur bis zu Kongressen)
Besondere berufliche Projekte/Erfolge

3. Außerberufliche Aktivitäten/Freizeit

Handwerkliche Fähigkeiten
Technisches Verständnis
Künstlerisch-musische Fähigkeiten
Pädagogische Fähigkeiten
Sprachkenntnisse
Soziale Kompetenz
Soziales Engagement
Politisches Engagement
Spezielle Kenntnisse/Fertigkeiten (z. B. Führer-, Segelschein u. a EDV, Schreibmaschine)
Hobbys/Interessen

Was will ich?

Auch dieser Frage sollten Sie sich unbedingt mit Papier, Bleistift und genügend Zeit intensiv widmen.

Trotz Notlage und berechtigten Sorgen ist eine intensive Auseinandersetzung mit den persönlichen Zielvorstellungen sinnvoll. Die resignativ-depressive Haltung »Ich nehme jede Arbeit an« verbessert nicht die beruflichen Zukunftsaussichten, so verständlich sie auf den ersten Blick auch erscheinen mag.

Die folgenden Fragen werden Ihnen bei der Zielfindung behilflich sein:

Zur persönlichen Situation

- Was haben Sie bisher in Ihrem Leben erreicht?
- Was haben Sie bisher trotz Vorsatz nicht erreicht und warum?
- Was mißfällt Ihnen an Ihrer jetzigen persönlichen Situation?
- Was möchten Sie an Ihrer jetzigen persönlichen Situation am schnellsten ändern, und was kann noch warten?
- Wie sieht Ihre familiäre Situation aus, und gibt es da größere Probleme?
- Wer fördert bzw. behindert Sie in Ihrer persönlichen Entwicklung?
- Welchen Einfluß auf Ihre persönlichen Zielsetzungen und Entscheidungen haben Ihr(e) Partner(in), Ihre Kinder, Freunde und andere Bezugspersonen?
- Welchen Einfluß hat Ihr Beruf auf Ihr Privatleben und umgekehrt?
- Welche persönlichen Gründe sprechen gegen einen Arbeitsplatz-, Berufs- oder Ortswechsel?
- Welche persönlichen Schwierigkeiten sehen Sie in der Zukunft für sich?
- Fühlen Sie sich persönlich einer deutlichen Veränderung des Arbeitsplatzes und des Berufs- und Lebensumfeldes gewachsen?

Zur beruflichen Situation:

- Was haben Sie bisher beruflich erreicht?
- Was haben Sie bisher trotz Vorsatz beruflich nicht erreicht und warum?
- Was läßt bei Ihnen sowohl generell als auch konkret berufliche Zufriedenheit bzw. Unzufriedenheit entstehen?
- Was mißfällt Ihnen an Ihrer jetzigen beruflichen Situation?
- Was möchten Sie an Ihrer jetzigen beruflichen Situation am schnellsten ändern, und was kann noch warten?
- Welche Ihrer beruflichen Kenntnisse und Fähigkeiten sind für Ihren Arbeitgeber und Ihre Kollegen besonders wertvoll bzw. wichtig?
- Fühlen Sie sich in beruflicher Hinsicht eher über- oder unterfordert, und worin ist dies begründet?
- Wie kommen Sie mit Ihren Vorgesetzten bzw. Kollegen aus?
- Welche beruflichen Förderer und »Steine-in-den-Weg-Werfer« haben Sie? Und wer könnte das in Zukunft sein?

- Wie sehen Ihre beruflichen Ziele aus, bezogen auf Position und Verdienst?
- Welche Chancen für Entwicklung und Aufstieg haben Sie an Ihrem jetzigen Arbeitsplatz?
- Wie sind die generellen Zukunftsausichten an Ihrem Arbeitsplatz (in Ihrer Branche, Ihrem Beruf)?
- Welche beruflichen Schwierigkeiten sehen Sie in der Zukunft für sich?
- Sind Sie mit den Leistungen (Bezahlung, Sozialleistungen, Extras usw.) Ihres jetzigen Arbeitgebers zufrieden?
- Welchen Einfluß auf Ihre beruflichen Zielvorstellungen und Entscheidungen haben Ihr(e) Partner(in), Ihre Kinder (Ihr Kinderwunsch), Freunde und andere Bezugspersonen?
- Welche Gründe sprechen für einen beruflich begründeten Ortswechsel? Sind Sie diesbezüglich flexibel?
- Trauen Sie sich zu, eine völlig neue berufliche Aufgabe zu übernehmen?

Versuchen Sie, aus der schriftlichen Beantwortung jeder einzelnen Frage Schlüsselwörter zu entwickeln, die Ihr Ziel kurz und prägnant beschreiben. Abstrahieren Sie dabei ruhig, verkürzen und vereinfachen Sie gegebenenfalls, und bringen Sie die für Sie ganz persönlich wichtigen Dinge auf den Punkt.
Eine Rangfolge der Zielvorstellungen hilft Ihnen, Prioritäten zu erkennen und Schwerpunkte zu bilden. Eine solche persönliche und berufliche Situationsanalyse verschafft Ihnen Klarheit und hilft Ihnen bei der Abwägung von Gründen für oder gegen einen Arbeitsplatz bzw. einen Wechsel der Stelle. Wichtig dabei ist auch Ihre neu gewonnene Verbalkompetenz auf die Frage: »Was wollen Sie eigentlich, was ist wichtig für Sie?«

Was ist möglich?

Wichtig erscheint uns hierbei folgendes: Jeder Mensch neigt in einer persönlichen und beruflichen Umbruch- oder Krisensituation dazu, seinen Handlungsspielraum und seine Gestaltungsmöglichkeiten als zu gering einzuschätzen. Die Schere im Kopf beschneidet ihn unnötigerweise in seiner Aktivität.

Die Erkenntnisse aus den beiden grundlegenden Überlegungen (Was kann ich? Was will ich?) müssen mit der Realität (Was ist möglich?) in Einklang gebracht werden.
Dabei sollte man aber nicht nur seinen eigenen Realitätssinn als Maßstab nehmen, sondern auch andere Personen und deren Blick für die Realität einbeziehen.

Recherchieren – Wer kann was für mich tun?

Das Gebot der Stunde heißt: Recherchieren von Informationen über potentielle Arbeitsstellen.
Auch der gute Vorsatz, wichtige Dinge selbst in die Hand zu nehmen, bedeutet nicht, auf Experten zu verzichten. Lassen Sie Experten für sich arbeiten, nutzen Sie Beratungsangebote vom Arbeitsamt und anderen Einrichtungen, deren Aufgabengebiet mit dem Thema Arbeitssuche verbunden sind.
Neben Insidern aus den jeweiligen Berufssparten ist als wertvolle Informationsquelle auch der direkte Weg der Stellenangebote oder -gesuche in Fachzeitschriften oder in Tages- und Wochenzeitungen zu nennen.
Hier die erfolgversprechendsten Methoden und Quellen für die Kontaktaufnahme mit einem potentiellen Arbeitgeber:
- die Stellenanzeige
- die Initiativbewerbung
- die persönliche Empfehlung
- das Stellengesuch
- das Arbeitsamt

Untersuchungen haben ergeben, daß neue Arbeitsplätze am häufigsten per Stellenanzeige besetzt werden (ca. 40%), an zweiter Stelle (mit jeweils 20%) rangiert der Vermittlungsdienst des Arbeitsamtes und die Bewerbung, die auf Eigeninitiative basiert. Die restlichen 20% entfallen auf andere Bewerbungsformen.

Bewerbungsunterlagen
Worauf es ankommt, damit Sie ankommen

Verdeutlichen Sie sich: Eine Bewerbung ist Werbung für Ihre Person und Ihre Dienstleistung, d.h. für Ihre Arbeitskraft. Mit den schriftlichen Bewerbungsunterlagen geben Sie eine Art Visitenkarte und erste Arbeitsprobe und erzeugen damit einen ersten Eindruck bei dem potentiellen Arbeitgeber. Daß dieser wichtige erste Eindruck positiv sein und Ihnen zu einer Einladung zu einem Bewerbungsgespräch verhelfen sollte, ist das erklärte Ziel.
Die schriftliche Bewerbung besteht üblicherweise aus mehreren Unterlagen:

- Bewerbungsanschreiben
- Lebenslauf
- Foto
- Zeugniskopien

Weitere Anlagen zum Bewerbungsanschreiben können sein: Zertifkate über besondere Schulungen, Kurse usw., evtl. eine Handschriftenprobe, in seltenen Fällen Referenzen/Empfehlungen oder gar das polizeiliche Führungszeugnis.

Das Bewerbungsanschreiben

Das Bewerbungsanschreiben ist Ihre Visitenkarte, eine Art erste Arbeitsprobe, und kann Ihre Chancen, die begehrte Arbeitsstelle zu bekommen, erhöhen oder vermindern.
Ein gut formuliertes Anschreiben weckt Aufmerksamkeit und Interesse. Bedenken Sie: Es geht um den ersten Eindruck durch das Be-Werbungsschreiben. Dabei kann Ihnen die folgende Grundregel aus der Werbepsychologie behilflich sein: AIDA.

AIDA steht in diesem Zusammenhang für:
A= attention (Aufmerksamkeit für Ihre Bewerbung erzeugen)
I = interest (Interesse an Ihrer Person wecken)
D= desire (Wunsch entstehen lassen, Sie zum Vorstellungsgespräch einzuladen)
A= action (die Handlungsaktivität »Einladung« provozieren).

Es kommt darauf an, in komprimierter Form alle wichtigen Argumente, die für Sie sprechen (und zu einer Einladung führen), gut formuliert vorzutragen. Der Leser soll neugierig gemacht werden auf Ihre weiteren Unterlagen und natürlich auf Sie als Person. Es muß der Wunsch entstehen, Sie kennenzulernen.
Neben den später näher ausgeführten wichtigen formalen Regeln sollten Sie bei Ihrem Bewerbungsanschreiben vor allem das alte Sprichwort »In der Kürze liegt die Würze« berücksichtigen und nicht mehr als eine Seite schreiben (optimale Lösung). 1½ bis maximal 2 Seiten sind in besonderen Fällen vielleicht gerechtfertigt, erzeugen aber beim eiligen Leser Ungeduld (*time is money*). Wer 3 Seiten oder mehr schreibt, bringt sich um jede Chance. Erzählungen oder ganze Romane sind für den weiteren Bewerbungsverlauf absolut »tödlich«.

Zur inhaltlichen Gestaltung

Nehmen Sie Bezug auf den Text im Stellenangebot oder den Bewerbungsanlaß. Welche Argumente sprechen dafür, daß Sie der richtige Bewerber für die zu besetzende Stelle sind? Was sind Ihre Qualitäten (Kenntnisse, Fähigkeiten, Eigenschaften), die z.B. den im Anzeigentext genannten Forderungen entsprechen? Orientieren Sie sich am skizzierten Anforderungsprofil.
Warum bewerben Sie sich (Motivation), was ist Ihr Ausgangspunkt, und was sind Ihre Ziele? Ab wann sind Sie verfügbar?
Geht es um einen Ausbildungsplatz, sollte man die Begründung für die Bewerbung, die Motive für die Berufswahl in den Mittelpunkt des Bewerbungsanschreibens stellen.
Nach diesen vier, maximal acht gut formulierten, überzeugenden Sätzen endet Ihr Bewerbungsanschreiben mit der Bitte um ein Vorstellungsgespräch, der Grußformel, Ihrer Unterschrift und dem Hinweis auf die Anlagen.

Das »A und O«
beim Bewerbungsanschreiben sind ein gelungener »Auftakt« und ein guter »Abgang«. Aller Anfang ist schwer – und gerade beim Bewerbungsanschreiben ähnlich wie beim Schach ist eine gute Eröffnung sehr wichtig. Typische und sehr langweilige Eröffnungen sind: »Hiermit bewerbe ich mich um ...« oder »Ich beziehe mich auf Ihre Anzeige ...«
Beim Thema Briefende werden schon weniger Fehler gemacht, aber auch dabei gilt es, verbindlich-freundlich und gut zu formulieren.

Hier zunächst einige Beispiele für eine möglichst elegante Eröffnung:

* In Ihrer Anzeige vom ... suchen Sie einen ...
* Sie beschreiben eine berufliche Aufgabe, die mich besonders interessiert ...
* Ich beziehe mich auf die von Ihnen ausgeschriebene Position ...
* Mit großem Interesse habe ich Ihre Anzeige gelesen und möchte mich Ihnen als ... vorstellen ...
* Sie suchen einen ...
* Ich bin ... und habe mit großem Interesse ... gelesen ...
* Die von Ihnen ausgeschriebene Position/Aufgabe ...
* Ich stelle mich Ihnen als ... vor und habe großes Interesse an ...

Hier einige Vorschläge für Abschlußformulierungen:

* Wenn ich Ihr Interesse geweckt haben sollte, würde ich mich über eine Einladung zu einem Vorstellungsgespräch sehr freuen.
* Sollten Ihnen meine Bewerbungsunterlagen zusagen, stehe ich Ihnen gern zu einem Vorstellungsgespräch zur Verfügung.
* Sollten Sie nach Durchsicht meiner Unterlagen weitere Informationen bzw. ein erstes persönliches Gespräch wünschen, so stehe ich hierfür gern zur Verfügung.
* Ich würde mich freuen, wenn Sie mich nach Prüfung der Unterlagen zu einem Vorstellungsgespräch einladen. Hier könnten wir dann gegebenfalls weitere Details wie Eintrittstermin und Anfangsgehalt besprechen.
* Für weitere Auskünfte stehe ich Ihnen gerne in einem persönlichen Gespräch jederzeit zur Verfügung.

Der Lebenslauf

ist zusammen mit dem Bewerbungsanschreiben das wichtigste Dokument, das für oder gegen Sie argumentiert. Profis der Personalauslese sind sogar der Meinung, die Analyse des eingereichten Lebenslaufes stelle die entscheidende »Weiche« für die Einladung zum Vorstellungsgespräch.

Im Gegensatz zur landläufigen Meinung gibt es übrigens bei der Bewerbung nicht nur einen ein für alle Mal feststehenden Lebenslauf, sondern immer mehrere Varianten. Notwendig ist dabei die jeweilige »Anpassung« des Lebenslaufes an die Besonderheiten (z.B. Anforderungsmerkmale) des angestrebten Arbeitsplatzes.

Form, Gliederung, Inhalt

Worauf kommt es hierbei an? Die wichtigen Informationen und Argumente, die für Sie sprechen, müssen klar und übersichtlich geordnet sein. Man bevorzugt heute maschinen- bzw. computergeschriebene tabellarische Lebensläufe, die ruhig länger als eine Seite, maximal zwei Seiten lang sein dürfen. Dabei sind Sie in der graphischen Gestaltung relativ frei. Ausformulierte oder mit der Hand geschriebene Lebensläufe (maximal 1-2 Seiten) sind extrem selten und nur auf absolut ausdrückliche Anforderung anzufertigen.
Dem Lebenslauf will man entnehmen, ob Sie aufgrund Ihrer fachlichen Kompetenz und Ihrer Persönlichkeit für die angebotene Arbeitsstelle geeignet sind.
Zwei Aspekte sind es primär, denen die Personalchefs und Arbeitgeber beim Studium Ihres Lebenslaufes nachgehen: Zeitfolge- und Positionsanalyse.
Die Zeitfolgeanalyse wird erstellt, um möglichen Lücken in Ihrer Biographie auf die Spur zu kommen. Hinter »weißen Stellen« vermutet man Ungutes. Genauer unter die Lupe nimmt Ihr Chef auch die Zahl der Arbeitsplätze in einem bestimmten Zeitraum: Finden Arbeitsplatzwechsel in zu kurzen Abständen statt (d.h. deutlich unter fünf Jahren), deutet das auf Schwierigkeiten oder mangelndes Durchhaltevermögen hin. Bei jüngeren Bewerbern wird dies jedoch meist anders interpretiert: Wer jung ist, darf ausprobieren. Umgekehrt gilt: Wer erst nach zehn oder fünfzehn Jahren wechselt, dokumentiert Ängstlichkeit und mangelnde Flexibilität. Auch kann dies als Indiz für geringe Lern- und Anpassungsfähigkeit bzw. -willigkeit gewertet werden.
Die Positionsanalyse beschäftigt sich mit dem Auf- und Abstieg, Berufs- und Arbeitsgebietwechsel. Hier kommt es auf die Geradlinigkeit und Folgerichtigkeit an: Haben Sie ziellos im Leben mal dies, mal jenes gemacht, oder sind Sie beruflich planvoll und konsequent vorgegangen?
Was bei der Gestaltung der Bewerbungsunterlagen von Ihnen verlangt wird, ist eine Anpassungsübung. Sie mögen noch so qualifiziert sein: Mit fehlerhaft – nicht normgerecht – abgefaßtem Bewerbungsanschreiben und Lebenslauf werden Sie erst gar nicht zum Vorstellungsgespräch eingeladen. Dies wäre vergleichbar mit dem Fauxpas, in legerer Freizeitkleidung zu einem

Vorstellungsgespräch zu erscheinen, was ebenfalls »unangepaßt« wäre und Sie umgehend aus der »engeren Wahl« katapultieren würde.
Inwieweit Sie sich anpassen und in ein bestimmtes Bild einfügen wollen, bestimmen immer noch Sie (oder Ihr Bankkonto bzw. andere zwingende Umstände).
Folgendes Schema kann eine Orientierung für die Gestaltung Ihres Lebenslaufs sein. Nehmen Sie dieses Gerüst als Basis, um Ihren eigenen Lebenslauf weiterzuentwickeln:

1. Persönliche Daten
- Vor- und Zuname
- Anschrift, Telefon (muß nicht sein)
- Geburtsdatum und -ort
- Religionszugehörigkeit (muß eigentlich nicht sein)
- Familienstand, ggf. Zahl und Alter der Kinder
- Staatsangehörigkeit (aber nur, wenn man nicht die deutsche Staatsbürgerschaft hat)

(bitte nicht mehr die Eltern aufführen)

2. Schulbildung
- besuchte Schulen (Typen)
- Schulabschluß

(alle Informationen mit grober Zeitangabe)

3. ggf. Hochschulstudium (oder vergleichbare Ausbildung)
- Fach/Fächer
- Name und Ort der Hochschule
- Schwerpunkte
- ggf. Thema der Examensarbeit/ggf. Promotion
- Art der Examina

4. Berufstätigkeit/Ausbildung
- ggf. Art der Berufsausbildung
- ggf.Ausbildungsfirma/-institution evtl. mit Ortsangabe
- ggf. Abschluß evtl. mit Hinweis auf besonderen Erfolg
- Berufsbezeichnungen, -positionen, evtl. Kurzbeschreibung
- Arbeitgeber mit Ortsangaben

(alles mit Zeitangaben)

5. ggf. berufliche Weiterbildung

alles, was mit Ihrer Berufspraxis in Zusammenhang steht

6. ggf. außerberufliche Weiterbildung
aufgepaßt bei Kursen: Fremdsprachen ja, Fallschirmspringen, Psycho- oder Astrokurs an der VHS – Vorsicht! Welches Bild entwerfen Sie möglicherweise von sich?

7. ggf. Sonderinformationen
z.B. über Auslandsaufenthalte während der Schulzeit/Studium/ Berufstätigkeit

8. Besondere Kenntnisse
z.B. Fremdsprachen, EDV, Führer- und andere Scheine, aber auch hier Vorsicht und überlegen, welches Bild man von sich gibt

9. Hobbys/Interessen (gern künstlerisch), ehrenamtliches und/oder soziales Engagement, Sport (wichtig), sogar politisch (nur die richtige Richtung muß es natürlich sein)
Dies alles will gut überlegt sein und sollte irgendwie zu Ihnen und Ihrer Bewerbung um den speziellen Arbeitsplatz passen; hier kann auch noch eine kleine Botschaft, Erklärung etc. untergebracht werden, wenn Platz ist und Sie eine Idee dazu haben (und sich damit nicht noch zu guter Letzt schaden ...)

10. Ort, Datum, Unterschrift
ohne maschinenschriftliche Wiederholung des Namens.

11. und ein gutes Foto
am besten oben rechts (Rückseite mit Namen versehen für den Fall der Fälle), gut festgeklebt, nicht geklammert oder gar geheftet (wie gehen Sie mit sich um?) rundet den Lebenslauf ab, evtl. auch auf der Deckblattseite (s. S. 22, 36).

Viele Angaben im Lebenslauf sind »Kann-Bestimmungen«. Die Nennung des Familienstandes ist beispielsweise nicht zwingend notwendig. Abzuraten ist von Selbstbeschreibungen wie »geschieden« oder »wiederverheiratet«, ggf. schreiben Sie »verheiratet« oder »unverheiratet«. Besonders Frauen sollten sich davor hüten, die Zahl und das Alter ihrer kleinen Kinder, womöglich deren Namen zu nennen. Andererseits kann es von Vorteil sein, das Alter der Kinder anzugeben, wenn sie aus dem betreuungsintensivsten Alter (0-12 Jahre) heraus sind. Auf diese Weise können Sie eventuelle Arbeitgeberängste entkräften, wegen Ihrer Kinder nicht voll einsatzfähig zu sein.
Bei Frauen sind oftmals die beruflichen Wege etwas verschlungen. Hüten Sie sich also vor allzu großer Bescheidenheit. Wenn Sie eine Kinder- und Familienphase hinter sich haben, so gibt es da überhaupt nichts zu verstecken. Sie waren nicht »Nur-Hausfrau«, sondern sozusagen Chefin eines kleinen »Familienunternehmens«. Sie haben zu Hause gelernt, einen »Betrieb« am laufen zu halten und dessen Mitglieder fortwährend zu motivieren. Auf den

Gebieten soziale Kompetenz, Organisationsvermögen, Flexibilität, Belastbarkeit und Zeitmanagement macht Ihnen so leicht niemand etwas vor.
Ein Tip für Hochschulabsolventen: Wenn Sie noch keine Berufspraxis vorweisen können, legen Sie eine Extraseite mit der Überschrift »Praktische Tätigkeiten« bei, und weisen Sie auf Kurse, Praktika und Studienschwerpunkte hin. Sie vermeiden so den allzu »dünnen« Lebenslauf, und man kann erkennen, daß Sie nicht auf der faulen Haut gelegen haben.

Übrigens: Einen Lebenslauf kann man in der Regel nur ein einziges Mal verwenden. Wenn er wirklich überzeugen soll, muß er individuell auf den anvisierten Arbeitsplatz zugeschnitten sein und entsprechend »frisch« wirken.
Wegen der kleinen Unterschiede zwischen den diversen Bewerbungsanschreiben und Lebensläufen ist es wichtig, sich Kopien zu ziehen, damit man sich ausreichend auf das – hoffentlich baldige – Vorstellungsgespräch vorbereiten kann.

Etwas Neues: Ihre Dritte Seite

Warum eine »Dritte Seite« als Anlage zum Lebenslauf?
Die im Bewerbungsanschreiben vorgetragenen Informationen und »Verkaufsargumente« werden in der Regel vom auswählenden Leser und potentiellen Arbeitgeber wegen der Vielzahl der eingehenden Bewerbungsunterlagen und des Zeitdrucks viel zuwenig beachtet.
So wird häufig lediglich der Anschreibentext flüchtig überflogen (30 Sekunden bis maximal 1,5 Minuten), um sich dann der beigefügten Bewerbungsmappe – insbesondere dem Foto des Bewerbers, seinen Interessen, Hobbys oder sonstigen Kenntnissen, den formalen Arbeits- und Ausbildungszeugnissen – zuzuwenden.
In diesem Moment stößt der Personalchef auf die für ihn neue, unerwartete Seite in Ihren Bewerbungsunterlagen mit der »verheißungsvollen« Überschrift:

Was Sie sonst noch von mir wissen sollten ...

Wer könnte da widerstehen? Dieser Text wird bestimmt sehr aufmerksam gelesen und zur Kenntnis genommen. Wem es an dieser Stelle gelingt, in wenigen kurzen Sätzen das richtige Bild zu vermitteln, kann – wenn die anderen Eckdaten stimmen – mit einer Einladung zum Vorstellungsgespräch rechnen.

Diese »Dritte Seite« hebt Sie positiv von der Menge der eingesandten Bewerbungsunterlagen ab. Eine fantastische Chance für Sie als Bewerber, als »Drehbuchautor« und »Regisseur« Ihrer »Verkaufs-« (d.h. Bewerbungs-) Unterlagen.

Diese zusätzliche, sich an den Lebenslauf, beruflichen Werdegang etc. anschließende Seite ist in dieser Form neu und eine besondere, erfolgreiche Weiterentwicklung, die vielen von uns beratenen Bewerbern eine Einladung zum Vorstellungsgespräch eingebracht hat (s. Anzeige S. 107).

Etwas bekannter und bereits Bewerbungsstandard ist an dieser Stelle vielleicht eine Extraseite mit Auflistung von Publikationen, der Skizzierung von besuchten Fortbildungsveranstaltungen, besonderen Arbeitsschwerpunkten oder Projekten, die für sie als richtigen Kandidaten sprechen.

Bisweilen wird immer noch eine Handschriftenprobe verlangt, und manche Kandidaten schreiben dann offensichtlich in Ermangelung kreativer Ideen skurrile Texte aus der Zeitung ab, was auch eine Art »Dritte Seite« darstellt.

Unsere »Dritte Seite« kann zusätzlich oder an Stelle einer Handschriftenprobe verwendet werden und transportiert – richtig konzipiert – die entscheidenden Argumente, warum *Sie* als Bewerber unbedingt in die engere Auswahl gehören, also zum Vorstellungsgespräch eingeladen werden und den vakanten Arbeitsplatz einnehmen sollten.

Thematisch kommen Aussagen zu Ihrer Person, Motivation und Kompetenz in Frage. Versuchen Sie aber bloß nicht, zu viele Informationen auf diese Seite zu pressen, das würde eher einen nachteiligen Eindruck hinterlassen. Schließlich handelt es sich um die »Bonusseite«.

Inhaltlich darf die von Ihnen gewählte Botschaft in Zusammenhang stehen mit Aussagen im Anschreiben, Lebenslauf- und Arbeitsplatzstationen und darüber hinaus noch etwas persönlicher, pointierter formuliert sein.

Ob Sie zum Abschluß mit königsblauer Tinte unterschreiben, oder nicht (Ort, Datum(?)) steht Ihnen frei. Wir jedenfalls empfehlen es.

Anlagen – Fotos und andere wichtige Dinge

Zu jedem guten Bewerbungsschreiben gehört unbedingt ein gutes Foto.
Wer mit seinem Foto Sympathie mobilisieren kann, hat einfach die besseren Chancen, besonders dann, wenn die papierenen Qualifikationsnachweise doch nicht ganz so eindeutig für Sie sprechen. Die Macht der Bilder sollten Sie nicht unterschätzen, und so ist auch an dieser Stelle wieder einmal höchste Sorgfalt und noch etwas mehr (Engagement, Einfühlungsvermögen und und und ...) angezeigt.
Der Weg zur Fotografin, zum Fotografen lohnt sich. Keine alten Fotos, Urlaubsbilder oder Schnappschüsse bei der feuchtfröhlichen Familienfeier oder Fotos, auf denen Sie erklären müssen, »das da hinten links bin ich, und das vorn ist Vetter XYZ ...«, sondern ein ansprechendes professionelles Foto (Format etwa 5,5 x 4 cm oder etwas größer, aber bitte nicht gleich Postkartenformat, Stichwort Bescheidenheit!). Das Farbfoto verträgt am besten dezente Farben bei Kleidung und Make-up. Richtig »verkleiden« müssen Sie sich zum Fototermin natürlich nicht, aber überlegen Sie sich auch hier, welchen Eindruck Sie machen wollen.
Auf vier Kriterien wird besonders geachtet:

- Aussehen/Mimik
- Kleidung bzw. das, was man von ihr sieht
- fotografische Qualität
- Format

Dezent geschminkt, die berufsangemessene (Ver-)Kleidung, Frisur, alles gepflegt, gut gelaunt und dies auch noch ausstrahlend. So sollten Sie auf Ihrem Be-Werbungsfoto erscheinen, also von Ihrer Schokoladenseite.
Lassen Sie sich gleich mehrere Male fotografieren, und legen Sie die Bilder FreundInnen und Bekannten vor, und diskutieren Sie das »wohlgefälligste«, sympathischste und zugleich passendste Foto.

Zeugnisse

Obwohl seitens der Personalchefs immer wieder behauptet wird, daß Schulnoten oder Inhalte von Arbeitszeugnissen wenig Bedeutung für die Einstellung eines Bewerbers oder einer Bewerberin haben, und daß es letztlich nur um die Kompetenz und den persönlichen Eindruck geht, läßt sich nicht leugnen, daß Zeugnisse bei der Vorauswahl der Unterlagen eben doch einen großen Einfluß haben.
Der Gesetzgeber setzt dem Arbeitgeber für das Verfassen von Zeugnissen enge Grenzen. Achten Sie unbedingt darauf, daß Sie ein korrektes Zeugnis erhalten. Nehmen Sie Einfluß, und bestehen Sie ggf. auf einer Änderung, wenn das Zeugnis für Sie unvorteilhaft ist.
Jede/r Arbeitnehmer/in hat einen gesetzlichen Anspruch auf ein Zeugnis. Das Zeugnis muß maschinenschriftlich auf einem Briefkopfbogen des Unternehmens abgefaßt sein. Das einfache Zeugnis enthält lediglich Namen und Geburtsdatum des Arbeitnehmers sowie Art und Dauer der Beschäftigung. In einem qualifizierten Arbeitszeugnis (nur auf Verlangen ausgestellt, heute aber der Regelfall) wird Ihre Tätigkeit sowie Ihre Leistung und Führung genau beschrieben.

Folgende Punkte müssen enthalten sein:
- Angaben zur Person, Dauer der Beschäftigung mit genauen Daten
- Darstellung des Arbeitsplatzes und Aufgabengebietes
- Erfahrungen, Kenntnisse und Kompetenz
- Beurteilung der Arbeitsleistung und Würdigung positiver Eigenschaften des Stelleninhabers
- Bewertung der Lern- und Fortbildungsbereitschaft
- Beurteilung des Verhaltens gegenüber Vorgesetzten, Kollegen, Mitarbeitern und Geschäftspartnern oder ähnlichen Personen
- Angaben über Gründe des Ausscheidens
- Abschließende Dankes- und Wunschformeln für die Zukunft.

Der Zeugnisinhalt sollte Sie und Ihre Arbeit wohlwollend darstellen. Die Tätigkeit im Betriebsrat darf nicht erwähnt werden, außer Sie waren als Betriebsratsmitglied über einen wirklich längeren Zeitraum freigestellt.
Falls Sie mit der Beurteilung nicht einverstanden sein sollten, empfiehlt sich

zunächst ein Gespräch mit Ihrem Arbeitgeber. Erzielen Sie keine Einigung, können Sie ihn durch eine Berichtigungsklage beim Arbeitsgericht zur Korrektur zwingen, mit dem Ziel, daß Ihnen ein neues Zeugnis ausgestellt wird. Nehmen Sie sich für ein Zeugnisberichtigungsverfahren einen im Arbeitsrecht erfahrenen Rechtsanwalt. Sie haben gute Chancen, ein solches Verfahren zu gewinnen, da der Arbeitgeber den Beweis für die Rechtmäßigkeit seiner negativen Beurteilung zu erbringen hat, was sich in der Regel als sehr schwierig herausstellt. Beachten Sie die Frist, innerhalb der Sie Widerspruch gegen das Zeugnis einlegen können: Sie beträgt zwei Monate.
Es ist nützlich, einige Standardformulierungen in Arbeitszeugnissen und ihre verschlüsselte Botschaft zu kennen, um den jeweiligen Aussagewert sicher beurteilen zu können.

Hier einige Beispiele zum Leistungsnachweis:

Sehr gute Leistungen werden mit folgenden Formulierungen beschrieben:
... hat die ihr/ihm übertragenen Arbeiten stets zu unserer vollsten Zufriedenheit erledigt.
... und wir waren mit ihren/seinen Leistungen in jeder Hinsicht außerordentlich zufrieden.
... haben ihre/seine Leistungen in jeder Hinsicht unsere volle Anerkennung gefunden.

Gute Leistungen erscheinen wie folgt:
... hat die ihr/ihm übertragenen Aufgaben stets zu unserer vollen Zufriedenheit erledigt.
... haben ihre/seine Leistungen unsere volle Anerkennung gefunden.
... waren wir mit ihren/seinen Leistungen voll und ganz zufrieden.

Befriedigende Leistungen:
... hat die ihr/ihm übertragenen Arbeiten zu unserer vollen Zufriedenheit erledigt.
... waren wir mit ihren Leistungen voll/jederzeit zufrieden.
... hat unseren Erwartungen in jeder Hinsicht entsprochen.

Ausreichende Leistungen:
... hat die ihr/ihm übertragenen Arbeiten zu unserer Zufriedenheit erledigt.
... und wir waren mit ihren/seinen Leistungen zufrieden.

Mangelhafte Leistungen:
... hat die ihr/ihm übertragenen Arbeiten im großen und ganzen zu unserer Zufriedenheit erledigt.
... haben ihre/seine Leistungen weitestgehend unseren Erwartungen entsprochen.

Ungenügende Leistungen:
... hat sich bemüht, die ihr/ihm übertragenen Aufgaben zu unserer Zufriedenheit zu erledigen.
... hat sich bemüht, unseren Erwartungen/Anforderungen zu entsprechen.

Achten Sie auf die kleinen Zusatzworte! Wirklich zufrieden war man nur mit Ihnen, wenn man Ihnen »volle« oder besser »vollste« (grammatikalisch allerdings voll daneben!) Zufriedenheit attestiert. Und wenn irgendeine Leistung »gut« war, dann war sie es nur, wenn Sie den Zusatz »stets«, »jederzeit« oder »in jeder Hinsicht« finden.
Die entsprechenden Negativformulierungen stecken in den Zusätzen »im großen und ganzen«, »im wesentlichen« oder auch »teilweise«. Umschreibungen wie »hat sich bemüht« und »war willens« bedeuten im Klartext herbe Abwertungen der Arbeitsleistung.

Abschließend eine Checkliste, worauf Sie bei Ihrem Zeugnis achten sollten:

1. Formales
- Wurde das Zeugnis maschinenschriftlich auf Firmenpapier vorgelegt, fehlerfrei, versehen mit Datum (nicht älter als wenige Tage nach Ihrem Ausscheiden) und Unterschrift des Vorgesetzten?
- Sind alle wesentlichen Tätigkeiten aufgeführt?

2. Tätigkeitsbeschreibung
- Sind besonders qualifizierte Tätigkeiten entsprechend gewichtig dargestellt?
- Findet Ihre Teilnahme an betrieblichen Fort- und Weiterbildungsveranstaltungen Erwähnung?
- Ist die Beschreibung Ihrer Tätigkeit Ihren Aufgaben angemessen, ist sie ausführlich genug?

3. Soziale Kompetenz/Verhalten
- Geht aus dem Zeugnis hervor, daß Sie mit Ihren Vorgesetzten, Kollegen und ggf. Mitarbeitern oder Kunden gut auskamen? Werden Personengruppen ausgelassen, oder werden sie in geänderter Reihenfolge aufgeführt?
- Kommen doppeldeutige Aussagen darin vor?

4. Die Führungsbeurteilung (für Führungskräfte):
- Wird Ihre Leistungs- und Führungsfähigkeit im Text erwähnt und gewürdigt?
- Wie bewertete man Ihren Arbeitsstil?
- Wird Ihr Erfolg uneingeschränkt oder mit Einschränkungen dargestellt?
- Was sagt Ihr Zeugnis über Ihre Fähigkeit aus, andere Menschen zu führen und zu motivieren? Zeigen Sie Delegationsbereitschaft?

5. Auflösungsgrund
- Geht aus Ihrem Zeugnis hervor, daß Sie auf eigenen Wunsch gekündigt haben?
- Wir wirkt die Schlußformel des Zeugnisses? Dankt man Ihnen für Ihre geleistete Arbeit, und werden Ihnen gute Wünsche für die berufliche Zukunft mit auf den Weg gegeben?

6. Gesamteindruck

- In welchem Ton ist das Zeugnis verfaßt: wohlwollend oder kühl und knapp, floskelhaft oder persönlich?
- Stimmen Rechtschreibung und Zeichensetzung? (Hat man sich genügend Mühe mit dem Zeugnis gegeben?)

Bitten Sie rechtzeitig um Ihr qualifiziertes Arbeitszeugnis (am besten vier bis acht Wochen vor dem Ausscheiden), und nützen Sie die Chance, selbst inhaltliche Vorschläge zu machen (siehe auch ausführlich zur Zeugnisthematik unser Buch »Arbeitszeugnisse«, vgl. Hinweise am Buchende).

Handschriftenprobe

Sollte in der Stellenanzeige eine Handschriftprobe verlangt werden, so ist davon auszugehen, daß man sich graphologisch mit Ihrer Handschrift auseinandersetzen wird, um etwas über Ihre Persönlichkeitsstruktur zu erfahren. Erstmal: Keine Panik! Denn die Relevanz dieser Untersuchungen ist äußerst umstritten, und Ihre Schrift ist ja nicht die einzige Aussage über Ihre Persönlichkeit. Sie sollten diesem Wunsch dennoch nachkommen und Ihren Unterlagen eine Schriftprobe beifügen.
Nützen Sie die Gelegenheit, mit einigen wohlformulierten Sätzen Ihrem speziellen Interesse an gerade diesem Stellenangebot noch einmal Ausdruck zu verleihen!
(Weitergehende Informationen zum Thema Graphologie finden Sie in unserem Buch »Das neue Test-Trainings-Programm« auf S.161 ff.)

Referenzen

Eine gute Referenz bietet eine Person aus Ihrem Berufszweig, die schriftlich niederlegt, daß Sie genau der/die Richtige für den Arbeitsplatz sind. Am besten natürlich ein anerkannter Profi in der Branche.
Kennen Sie solche, von Personalfachleuten akzeptierte Personen? Sind Sie sicher, daß diese gern und in Ihrem Sinne bei eventuellen Anfragen positive Auskünfte über Sie erteilen würden? Wenn ja, toll, aber sprechen Sie sicherheitshalber die Referenz, insbesondere die wichtigsten Fähigkeiten, mit denen Sie beeindrucken wollen, vorher ab. Nicht unüblich ist die Einholung einer kurzen telefonischen Referenz über Sie. Klären Sie diese Möglichkeit ab, und bieten Sie sie offensiv an.

Arbeitsproben

In diesem Bewerbungsstadium sind Arbeitsproben eigentlich noch kein Thema. Aber denken Sie daran: Ihre kompletten Bewerbungsunterlagen sind bereits eine erste Arbeitsprobe! Wenn Sie sich bei der Bewerbung Mühe geben, werden Sie sich auch bei der Arbeit Mühe geben, ist die Folgerung. Reagieren Sie schnell auf eine Stellenanzeige, heißt das, daß Sie wichtige Dinge nicht auf die lange Bank schieben, vielleicht aber auch, daß Sie es nötig haben (also besser nicht gleich am nächsten Tag nach Erscheinen der Anzeige schreiben). Gut formulierte und strukturierte Bewerbungsunterlagen sprechen für die Klarheit des Denkens ...
Eine Ausnahme bilden kreative und wissenschaftliche Berufe. Werbeleute oder Grafiker können beispielsweise auf eine Anzeigenkampagne hinweisen, die sie entworfen haben. Wissenschaftler fügen Fachartikel bzw. eine Publikationsliste bei. Aber wie gesagt: das sind Ausnahmen.
Generell gilt: Heben Sie sich die konkreten Arbeitsproben für einen späteren Zeitpunkt auf. Wenn Sie die nächste Stufe, das Vorstellungsgespräch, erreicht haben, können Sie eventuell geeignete Arbeitsproben mitbringen.

Wichtige technische Details

Immer wieder werden bei der schriftlichen Bewerbung Formfehler gemacht. Hier allgemeine Empfehlungen für die Gestaltung der Bewerbungsunterlagen:

- Verwenden Sie für Bewerbungsanschreiben und Lebenslauf nur gutes weißes oder dezent getöntes , nicht liniertes DIN-A4-Papier, das Sie nur einseitig beschreiben.
- Eigenes Briefpapier mit Name und Anschrift ist nur bei Bewerbungen mit einem überdurchschnittlich hohen Jahreseinkommen zu empfehlen (ab etwa 70.000 DM Jahresgehalt); bei deutlich geringer bezahlten Arbeitsplätzen riskiert der Bewerber möglicherweise eine Negativbewertung.
- Benutzen Sie für beide Schreiben eine Schreibmaschine mit gutem Farbband bzw. beste Druckqualität beim Computerausdruck.
- Rechtschreibung und Zeichensetzung müssen einwandfrei sein.
- Achten Sie auf eine übersichtliche, klare Gliederung.
- Achten Sie auf gute Platzeinteilung und angemessene Ränder (ca. 4cm links und ca. 3cm rechts).
- Flecken, Eselsohren, zerknülltes Papier fallen extrem negativ auf, aber alles in Klarsichtfolien »einzuschweißen« ist auch keine Lösung. Der schlimmste Weg wäre, alle Unterlagen in eine Hülle zu zwängen, aus der sie der Personalchef dann nur mühsam hervorzerren kann.

- Das Anschreiben lose, die anderen Unterlagen am besten in einen Hefter Ihrer Wahl einheften. Etwas edlere Mappen, Klemmappen und Einlegesysteme (z.B. Thermo-Bindesysteme, Vollmappen, Spiralbindesysteme usw.) bieten sich je nach Bewerbungsvorhaben an. Giftgrün oder pink sind eher ungünstig, weiß ist neutral, dazwischen gibt es eine große dezentbunte Farbpalette. Verzichten Sie auf Muster und alle Arten von Gags.

Reihenfolge der Unterlagen:
- Lebenslauf (Foto oben rechts, gut festgeklebt)
- evtl. Handschriftenprobe
- Arbeitszeugnisse als Kopien in chronologischer Reihenfolge, begonnen wird mit dem zeitlich letzten Arbeitszeugnis
- Schul- und Ausbildungszeugnisse, Abschlüsse usw.
- weitere Unterlagen (s.o.)

Generell gilt: je wichtiger die Unterlage, desto weiter vorne abheften.

- Für die Anlagen (Zeugnisse usw.) nur gute, neue Fotokopien verwenden. Achtung: Verwenden Sie keine Originale von Zeugnissen oder Bescheinigungen; Anschreiben, Lebenslauf und Handschriftenprobe müssen jedoch unbedingt Originale sein!
- Machen Sie sich Fotokopien von allen Unterlagen, die Sie verschicken, damit Sie nach 6 oder 8 Wochen noch wissen, was man von Ihnen weiß.
- Verwenden Sie für die postalische Zusendung aller Unterlagen einen stabilen DIN-A4-Umschlag mit kartoniertem Rücken; das Bewerbungsanschreiben lose auf die Mappe legen.
- Achten Sie auf korrekte Umschlaggestaltung – keine innovativen Experimente bei Adresse, Absender, Briefmarkenpositionierung (bloß keine Aufkleber, egal ob für Frieden, Umwelt oder Weihnachten).
- Versandart: ganz normal, besser nicht per Express (= zu sehr drängend) oder gar Einschreiben-Rückschein (= Zwangscharakter).
- Wichtig: die richtige Frankierung.

Beispiele

Hier nun einige Beispiele für Bewerbungsanschreiben und Lebensläufe, ergänzt durch innovative Bewerbungsunterlagen, wie z. B. die »Dritte Seite« oder – sehr lesefreundlich – ein Anlagenverzeichnis.
Im folgenden zeigen wir drei komplette Bewerbungsvorgänge, zwei davon mit Anzeige.

Wir suchen für unser Seniorenwohnstift dringend in Dauerstellung eine(n) kompetente(n) und vertrauenswürdige(n)

ASSISTENT(IN) DER GESCHÄFTSLEITUNG

Wir wünschen uns eine(n) pädagogisch vorgebildete(n), berufserfahrene(n), sozial engagierte(n) Mitarbeiter(in), der/die verständnisvoll auf die vielen großen und kleinen Probleme in einem Seniorenwohnstift zu reagieren weiß und tatkräftig unseren Geschäftsführer, Herrn Dr. Specht, unterstützt.

Wir bieten ihm/ihr zur Seite zwei versierte Sekretärinnen, für deren Einsatz und Anleitung er/sie volle Verantwortung trägt.

Wir erwartem absolute Seriosität und Zuverlässigkeit in dieser besonderen, durch unsere Arbeit mit Senioren geprägten Vertrauensstellung.

Wir bezahlen angemessen und sind behilflich bei der evtl. Wohnungssuche.

Wir hoffen auf Ihre aussagefähigen üblichen Bewerbungsunterlagen, die Sie bitte richten wollen an den Personalleiter, Herrn Johannes Engelmann.

Für Anfragen: Sekretariat Frau Schmidbauer (Tel. 031/673 45 23). Anschrift: Seniorenwohnstift Am Silberwald, Am Silberwald 4, 99781 Presselburg

Petra Müller
Albrechtallee 116
68001 Mannheim
Tel. 0 12/78 56 34

Mannheim, 12.1.1997

An das
Seniorenwohnstift Am Silberwald
z.H. Herrn Johannes Engelmann
Am Silberwald 4

99781 Presselburg

Ihre Anzeige in der Berliner Morgenpost vom 10.1.1997
Assistentin der Geschäftsleitung

Sehr geehrter Herr Dr. Specht,
sehr geehrter Herr Engelmann,

vielen Dank für das freundlich-informative Telefongespräch. Es hat mich in meinem Bewerbungsvorhaben bestärkt.

Kurz zu meiner Person:
Ich bin eine organisationserfahrene stellvertretende Leiterin einer Kindertagesstätte in ungekündigter Stellung. Bei dieser Aufgabe trage ich Personalverantwortung für zehn Erzieherinnen.

Im ersten Beruf bin ich ausgebildete Krankenschwester mit mehreren Jahren Berufspraxis auf einer geriatrischen Station. Ein zwölfsemestriges Pädagogikstudium konnte ich wegen einer Erkrankung leider nicht zum Abschluß bringen. Für meine jetzige Tätigkeit ist es dennoch von großem Nutzen.

Nach vier Jahren an meinem derzeitigen Arbeitsplatz suche ich nun eine neue berufliche Herausforderung.

Auf eine Einladung zu einem Vorstellungsgespräch freue ich mich.

Mit freundlichen Grüßen aus Mannheim

Petra Müller

Anlagen: Lebenslauf
Zeugnisse

LEBENSLAUF UND AUSBILDUNGSGANG

Foto

Persönliche Daten

Name:	Petra Müller
Geburtsdatum, Ort	11.11.1953 in Sandhausen/ Thüringen
Familienstand:	verheiratet, drei schulpflichtige Kinder
Beruf:	Stellv. Leiterin einer Kindertagesstätte Krankenschwester

Berufstätigkeit

seit 1.1.1993	Pädagogische Mitarbeiterin im Kindergarten Mannheim-Mitte, seit 1.1.1995 in der Funktion einer stellv. Leiterin
1975 – 1983	Krankenschwester auf der geriatrischen Abteilung in meinem Ausbildungskrankenhaus
1987 – 1993	Familienphase Geburt und Erziehung der Kinder

Berufliche / außerberufliche Weiterbildung

1993	3 Fortbildungsseminare im Haus des Erziehers
1982 – 1987	Studium der Sozialpädagogik / Univ. Mannheim
1976 – 1978	3 Geriatrielehrgänge im Mannheimer Uniklinikum

Ausbildungsweg und Schule

1975 – 1978	Besuch der Abendschule Wernher v. Braun Abschluß Abitur (Durchschnittsnote 2,0)
1972 – 1975	Ausbildung zur Krankenschwester im Diakonissenkrankenhaus Mannheim-Nord
1959 – 1969	Grund-, Mittelschule, Gymnasium

	Kenntnisse / Fähigkeiten / Interessen
EDV-Kenntnisse	Fundierte PC-Kenntnisse, insbesondere Erfahrung mit Textverarbeitung Word 5.0
Fremdsprachen	Gute Englisch- und Französisch-Kenntnisse
Ehrenamt	Mitarbeit bei der Telefonseelsorge
Interessen	Klassische Musik / Ich spiele Klavier
Sonstiges	Führerschein Klasse 3

Mannheim, den 12.1.1997

Petra Müller

Meine Motivation

Der Umgang mit und das Engagement für Menschen stehen für mich bei allen meinen bisherigen beruflichen Stationen immer wieder im Vordergrund.

Meine Bereitschaft, für meine Mitmenschen dazusein, etwas Sinnvolles und Wichtiges für sie zu leisten, steht im Zentrum meiner Motivation. Dies war Hintergrund für meine Ausbildung zur Krankenschwester, für mehrere Jahre Berufspraxis in der Geriatrie, für mein Pädagogikstudium und ist aktuell auch Basis für meine Tätigkeit als stellvertretende Leiterin einer Kindertagesstätte.

Das sind auch jetzt die Gründe, mich für die von Ihnen angebotene Position zu bewerben, in der festen Überzeugung, ich habe Ihnen etwas anzubieten, ich werde den gestellten Aufgaben gerecht.

Anzeige

Aufstiegschancen bei Löwenreuth

Die Löwenreuth AG gehört zu den größten Herstellern von Glas und Porzellan auf dem internationalen Markt.
Diese Spitzenposition haben wir nur durch die hohe Qualität unserer Produkte erreichen können.
Unser Unternehmen gliedert sich in drei Bereiche:

Porzellan und Glas für den Haushalt
Porzellan für die Gastronomie
Porzellan für technische Anwendung

Wir suchen

einen Assistenten/eine Assistentin
für den Bereich: Porzellan und Glas für den Haushalt.

Er/Sie sollte Betriebswirt/in sein (gewünschte Fachrichtung: Marketing) und über gute Fremdsprachenkenntnisse (Französisch, Englisch) verfügen.

Für die Produktionsentwicklung (zwischen Design – Vertrieb – Technik) suchen wir einen Koordinator/eine Koordinatorin.

Wir erwarten

ein sicheres Ästhetikgefühl, Marketing-Denken, Organisationstalent und Fremdsprachenkenntnisse (Englisch).

Unsere neuen Mitarbeiter sollten zwischen 25 und 35 Jahre alt sein. Erfahrungen im Wohnbereich oder im Bereich der gehobenen Gebrauchsgüter sind von Vorteil. Eintritt so bald wie möglich.

Wir bieten

die den Positionen entsprechende Bezahlung und gute soziale Leistungen. Sie finden nach Einarbeitung und Bewährung einen interessanten Arbeitsplatz.

Ihre Bewerbung mit handgeschriebenem Lebenslauf, Lichtbild und Zeugnisabschriften richten Sie bitte, versehen mit dem Stichwort »Assistent« oder »Koordinator«, an:

Löwenreuth AG, Personalabteilung, Herr Sturm
(Tel.-Durchwahl 08 97-7 65 43), Ludwigslust 3, 88673 Seib.

Klaus Peter Piff
Maienburger Allee 123
11000 Berlin

12.5.1997

Tel.: 0 30-3 91 23 54

An die
Löwenreuth AG /Personalabteilung
z.H. Herrn Sturm
Ludwigslust 3

88673 Seib

Koordinator
Anzeige in der Norddeutschen Zeitung vom 10.5.97

Sehr geehrter Herr Sturm,

vielen Dank für das freundlich-informative Telefongespräch.

Kurz zu meiner Person: Ich bin Industrie-Designer, 31 Jahre alt, verheiratet, und möchte mich der von Ihnen beschriebenen beruflichen Herausforderung stellen.

Schon während meines Studiums habe ich mich speziell für Porzellan interessiert. Entwicklungsstudien für Kompaktgeschirr, Trinkbecher und Eßbesteck gehörten u.a. zu meinen Schwerpunktarbeiten bei Prof. Kupetz an der HdK in Berlin. Hier entstand auch eine Facharbeit zur »Eß- und Tischkultur in Deutschland«.

Ein viersemestriges Maschinenbau-Studium in Hamburg verdeutlicht mein technisches Interesse, und Marketing-Denken ist mir als Industrie-Designer bei meiner jetzigen Tätigkeit gut vertraut.

Auf Ihre Einladung zu einem ersten Kennenlerngespräch freue ich mich.

Mit freundlichen Grüßen aus Berlin

Klaus Peter Piff

Anlage: Bewerbungsmappe

Bewerbungsunterlagen
als Koordinator bei der Löwenreuth AG

Foto

Klaus Peter Piff
Diplom-Designer

Maienburger Allee 123
11000 Berlin

Tel.: 0 30 / 3 91 23 54

Lebenslauf

Name:	Klaus Peter Piff
Geburtsdatum:	11.11.1966
Geburtsort:	Nürnberg
Familienstand:	verheiratet, eine Tochter, 4 J. alt

Ausbildung

Schule:	Volksschule in Berlin, 1972 – 1978 Gymnasium in Berlin, 1978 – 1985
Hochschulstudium:	Maschinenbau: Technische Universität Hamburg, 1986 – 1988 Industrie-Design: Hochschule der Künste, Berlin 1989 – 1995
Examen:	am 12.4.1995, Abschlußnote »sehr gut«

Praktische Tätigkeiten

20.09.86 – 15.11.86	Praktikum bei den Alex-Aluminiumwerken, Hamburg (Gießerei, Modellbauwerkstatt)
Wintersemester 1986/87	Technische Universität Hamburg: Teilnahme am Praktikantenkurs »Fügetechnik«
01.03.87 – 30.04.87	Lehrwerkstatt der Fa. Piel, Hamburg: Grundkurs Metallbearbeitung, Drehen
04.04.88 – 30.05.88	Lehrwerkstatt der Emu-Werke, Reinbek: Grundkurs Fräsen, Hobeln, Schleifen
01.10.91 – 30.10.91	Praktikum in der Staatlichen Porzellanmanufaktur Berlin
02.10.92 – 15.02.93	Praktisches Studiensemester bei WMF, Geislingen Kunststoff- und Metallbearbeitung, Großkaffeemaschinenproduktion, Galvanik, Werkzeugbau, Modellbau, Glashütte, Prüflabor
01.07.95 – 15.09.95	Mitarbeit an der Studie »Edelstahl-Eßbestecke« für die Stiftung Warentest Berlin
seit 01.10.95	Freie Mitarbeit im Design-Studio Berlin, Designstudien zum Thema kinderfreundliches Eßservice

Sonstiges

Sprachkenntnisse:	Englisch (fließend in Wort u. Schrift) Französisch (Schulkenntnisse)
Weiterbildung:	PC-Kurse I und II an der VHS Textverarbeitung, WinWord, Excel
Führerscheine:	Klassen 1 – 5
Hobbys:	Schach, Jazz, Angeln
Ehrenamt:	seit 1991 Kassenwart einer Kindertagesstätte

Berlin, 12.5.97

Was Sie noch über mich wissen sollten…

Eine Ausbildung als Industrie-Designer, fundierte technische Kenntnisse im Maschinenbau und das eigenverantwortliche Arbeiten bei meiner jetzigen Tätigkeit sind Basis für mein berufliches Engagement in Ihrem Unternehmen.

Meine persönlichen Eigenschaften wie zuhören zu können sowie ruhig und ausgeglichen auf andere Menschen zu wirken, können von Vorteil sein, wenn es um die Lösung von Problemen zwischen den Abteilungen Design, Technik und Vertrieb geht.

Da meine Frau und ich aus der Nähe von Seib stammen, würden wir gerne wieder in unsere alte Heimat zurückziehen.

Heinz Dauerwald Berlin, 19.03.1996
Diplom-Ingenieur für Umwelttechnik
Stillerzeile 55
12587 Berlin (Köpenick)

Telefon 0 30 / 1 11 79 89

Asian Technik GmbH
z.H. Herrn Dr. Testidis
Wagnerstraße 77

12345 Berlin

Ihre Anzeige vom 14.03.96 / Projektleitung

Sehr geehrter Herr Dr. Testidis,

aus ungekündigter Position suche ich im Bereich rechnergesteuerter Verarbeitungstechnik eine neue Herausforderung.

Die von Ihnen beschriebene Projektleitung entspricht meinen Fähigkeiten und Neigungen. Auf diesem Sektor verfüge ich bereits über eine mehrjährige Erfahrung und habe verschiedene Großprojekte in von mir verantwortlich geleiteten Teams nachweislich erfolgreich abgeschlossen.

Meinen beruflichen Werdegang finden Sie in meinen Unterlagen dokumentiert. Ich bitte um Verständnis, daß ich zu diesem Zeitpunkt meinen jetzigen Arbeitgeber noch nicht benennen möchte.

In einem persönlichen Gespräch – gerne vorab zunächst auch telefonisch – würde ich mich freuen, Ihnen weitere Auskünfte (wie z.B. zu den Aspekten Gehalt und Eintrittstermin) geben zu können.

Mit freundlichen Grüßen aus Berlin

Heinz Dauerwald

Anlagen

Bewerbungsunterlagen

für die
ASIAN TECHNIK GMBH

von
Heinz Dauerwald
Diplom-Ingenieur für Umwelttechnik (TU)

Heinz Dauerwald
Diplom-Ingenieur für Umwelttechnik
Stillerzeile 55
12587 Berlin (Köpenick)

Telefon 030 / 111 79 89

---

geboren am 11.03.1956 in Templin
(Uckermark-Kreis)
verheiratet, 3 Kinder

F

Meine Kenntnisse, Fähigkeiten und Erfahrungen

Zur Zeit Berufstätigkeit im Bereich Zentrale Dienste
für Elektronik, Mechanik, Sensorik und EDV rechnergesteuerter
Verarbeitungsmaschinen

Anwendungsbereite Kenntnisse
in Prozeßsteuerung und Automatisierung

Erfahrung beim Aufbau
neuer Organisationsstrukturen und der Realisierung von Projekten

Mehrjährige Erfahrung an Geräten und Anlagen der Prozeßanalytik
unter großchemischen Bedingungen

Führungserfahrung, unter anderem Verantwortung für eine Gruppe von 6 Technikern

Zielorientierte professionelle Arbeitsweise,
insbesondere auch unter erschwerten Arbeitsbedingungen

Lebenslauf

Berufspraxis

01/1987 – bis jetzt

- **Spezialist** für Elektronik, Mechanik und EDV rechnergesteuerter Verarbeitungsmaschinen (Projektmanagement); Instandhaltung in mittleren Unternehmen der Filmtechnik
- Inbetriebnahme, Wartung und Reparatur vollautomatischer Anlagen der Produktlinien
- Mikrorechnereinsatz in Büro und Produktion/Systemadministration
- Erstellung diverser EDV-Programme für Büroorganisation
- Führungserfahrung (6 Techniker)

10/1983 – 12/1986

- **Mitarbeiter** für Prozeßsteuerung in der Chemie/EDV, Chemische Werke Leuna, Gruppe Verfahrenstechnik
- Projekt der rechnergeführten Polymerisation zur Qualitätsstabilisierung von Lacken
- Maßstabsübertragung vom Labor über Technikum in Produktionskessel
- Erarbeitung von Wirtschaftlichkeitsanalysen
- Konstruktion eines Reinigungsroboters
- Projektadaptierung und Optimierung verfahrenstechnischer EDV-Programme mit neuen IBM-Rechnern

09/1981 – 09/1983

- **Mitarbeiter** für Prozeßautomatisierung und Verfahrenstechnik, Chemische Werke Leuna, Abteilung Prozeßsteuerung und Automatisierung
- Konzeption und Realisierung multivalent nutzbarer Technikums-Anlagen für organische Spezialprodukte
- Deutliche Ausbeuteerhöhung von Hochpolymeren durch automatische Reaktorsteuerung
- Verbesserung technisch-organisatorischer Abläufe durch Planung, Beschaffung und Einsatzzuordnung von Arbeits- und Betriebsmitteln
- Zusätzliche Profilierung im pädagogischen Bereich: Lehrtätigkeit »Mathematik für Meister-Klassen«

09/1978 – 08/1981

- **Fachingenieur** für automatische Analysengeräte, Chemische Werke Leuna
- Erfolgreiches Projektmanagement bei automatischen Analysenmeßanlagen für einen neuen Betriebsteil nach kürzester Einarbeitung
- Termingerechte Ablauforganisation und Mängelbeseitigung
- Anleitung und Aufsicht des Wartungspersonals
- Führungserfahrung (5 Facharbeiter)

Heinz Dauerwald, Stillerzeile 55, 12587 Berlin, Telefon: 0 30 / 1 11 79 89

Spezialkenntnisse

12/1981 – 12/1994

- Verschiedene **Lehrgänge** für die Bereiche:
  Chemische Reaktionskinetik,
  Prozeßanalyse/Automatisierungstechnik,
  Verfahrenstechnische Grundlagen
- Praktische und Projekt-Erfahrung mit der SPS-SIMATIK S 5
- Praktische und theoretische Erfahrungen in der Prozeßanalytik, Automatisierungstechnik
- Gute **Kenntnisse** im Computer-Operating:
  Systemadministrator für UNIX, VMS,
  PDP-11/RSX (MOOS 1600),
  IBM-360/370), VAX/VMS
- Anwendungsbereite **Erfahrungen** der Sprachen:
  C, FORTRAN, PL/1, TSO, T-PASCAL, BASIC

Studium und Schule

09/1974 – 07/1978

- TH Halle, Fachrichtung Elektrotechnik,
  Diplom-Ingenieur für Meßtechnik

09/1962 – 06/1974

- Besuch der Oberschule, **Abitur**
- **Sprachen**: Englisch, Russisch

Interessen und Hobbys

- Reisen in Portugal und Spanien, Radfahren, Schwimmen

Berlin, 19.03.1996

Heinz Dauerwald, Stillerzeile 55, 12587 Berlin, Telefon: 0 30 / 1 11 79 89

Warum ich mich bewerbe ...

Die Fähigkeit zum konzeptionellen Arbeiten und mein Organisationstalent habe ich besonders beim Aufbau einer neuen Abteilung für Prozeßsteuerung mehrfach unter Beweis gestellt. Ich bin es gewohnt, selbständig und im Team zu arbeiten, und weiß, daß meine bisher gezeigte Einsatzbereitschaft und kreative Flexibilität in unterschiedlichsten Problemsituationen erfolgreich war.

Engagement und Belastbarkeit gehören zu meinen Persönlichkeitsmerkmalen. In einem für die Kreativität förderlichen Unternehmensklima konnte ich mit innovativen, kostenbewußten und termingerechten Lösungen überzeugen. Teamkollegen schätzen meine Hilfsbereitschaft und die Fähigkeit, neue Sachverhalte schnell erfassen und umsetzen zu können.

Als praxiserprobter Ingenieur vom Fach beherrsche ich alle »Register«, von der Improvisation bis zur Perfektion, in der Verantwortung für die Sicherheit von Technik und Umwelt.

... um etwas zu bewegen!

Berlin, 19. März 1996

Heinz Dauerwald, Stillerzeile 55, 12587 Berlin, Telefon: 0 30 / 1 11 79 89

Anlagen

Weiterbildungszertifikate
Diplom
Arbeitszeugnisse

Chemische Werke Leuna
Gruppe Verfahrenstechnik
Werk 5

Chemische Werke Leuna
Abteilung Prozeßsteuerung/Automatisierung

Chemische Werke Leuna
Werk 3

Kurzkommentare zu den Beispielen

Assistentin der Geschäftsleitung
Die Kandidatin hat sich vorab telefonisch informiert und präsentiert bei korrekter Anrede der beiden wichtigen Entscheidungsträger prägnant die wesentlichen Aspekte, die ein Interesse an ihren Bewerbungsunterlagen auslösen können. Die Kürze ihres Anschreibens fördert die Bereitschaft, sich mit ihren Lebenslaufdaten und den weiteren Anlagen wohlwollend auseinanderzusetzen. Ein positiver Vorab-Telefonkontakt unterstützt diese Intention.
Der Lebenslauf ist übersichtlich und sehr gut lesbar dargestellt und rechtfertigt die 1 ½ Seiten. Die persönlichen Daten sind knapp, aber informativ. Die ungewöhnliche Gliederung und Zeitenabfolge (das Aktuelle zuerst) wirken sehr positiv. Der Abschluß (sonstige Kenntnisse) und die Sätze zur Motivation an dieser Stelle fördern das Interesse an der Bewerberin.

Koordinator
An das vorab geführte Telefongespräch anknüpfend, stellt sich der Kandidat gekonnt mit wesentlichen Informationen zu seiner Person vor und führt ein wichtiges Argument (Maschinenbaustudium, technisches Interesse) für sich ins Feld. Die »freundlichen Grüße aus Berlin« fallen sicherlich positiv auf, ebenso wie die sorgfältig gestaltete Umschlagseite der Bewerbungsmappe. Auch wenn der Kandidat die klassische Aufbauform wählt, liest sich sein Ausbildungs- und Werdegang trotz der noch geringen Berufspraxis spannend. Dies steigert sich, wenn auf der folgenden Seite unter der Überschrift »Was Sie noch über mich wissen sollten ...« der Leser eine persönliche Information über den Kanditaten erhoffen darf.

Diplom-Ingenieur
Auch ohne die hier aufgeführte Anzeige wird schnell klar, daß wir es mit einem hochkarätigen Bewerber zu tun haben, der weiß, wie er sich schriftlich interessant darzustellen hat. Nach der Umschlagseite präsentiert er gekonnt seine Sozialdaten und überrascht mit der Überschrift »Kenntnisse, Fähigkeiten und Erfahrungen«, um so schnell den Leser für sich einzunehmen. Die differenziert aufgeführte Berufspraxis weist ihn schnell als kompetenten Experten aus, der auch mit weiteren Spezialkenntnissen nicht zu geizen braucht. Die »Dritte Seite«, die uns Einblick in seine Managementmotivation gibt, ist sicherlich Geschmackssache, wird aber bei vielen Arbeitsplatzanbietern gut ankommen. Die Anlagenübersicht ist sehr leserfreundlich.

Versand

Sie haben nun endlich alle Unterlagen für Ihre Bewerbung komplett und bis auf das Anschreiben in die Bewerbungsmappe eingeordnet. Das Anschreiben liegt lose auf der Bewerbungsmappe, die in einen passenden DIN-A-4-Umschlag, am besten mit verstärktem Papprücken, geschoben wird. Das Anschriftenfeld, Ihr Absender und zu guter Letzt die Briefmarken müssen mit der gleichen Sorgfalt behandelt werden wie Ihre Unterlagen. Also keine kreativen Experimente mit Aufklebern oder einer auf dem Kopf stehenden Briefmarke.
Verzichten Sie wie schon erwähnt auf eine Versendung als Eilzustellung oder Einschreiben. Die persönliche Abgabe der Unterlagen könnte Ihnen Gelegenheit zu einem kleinen Gespräch geben. Ein freundlicher Small talk mit der Sekretärin kann Wunder bewirken. Unterschätzen Sie nicht die Macht des Vorzimmerpersonals.

Schriftliche Bewerbungssonderformen

Nach den häufigsten Bewerbungsformen hier noch einige Sonderformen:
- die Bewerbung auf eine Chiffre-Anzeige,
- die Kurzbewerbung,
- die unaufgeforderte Bewerbung.

Chiffre-Anzeigen haben die Funktion, den Inserenten und potentiellen Arbeitgeber zunächst anonym zu lassen, ihn zu schützen. Dies geschieht in der Regel aus folgenden Gründen:
Man möchte die durch ein zu frühes Bekanntwerden des »Personalkarussels« (einige springen auf, andere fliegen runter) ausgelöste Unruhe unter den Mitarbeitern vermeiden; man expandiert, verändert das Gefüge in den Abteilungen und will dies nicht jeden (insbesondere die Konkurrenz) wissen lassen; man hat als Unternehmen keinen bedeutenden Namen oder ein beschädigtes Image und versucht auf diese Weise, eine mögliche Bewerbungshemmschwelle zu umgehen.
Auf Chiffre-Anzeigen kann man mit einer *Kurzbewerbung* reagieren. Eine Kurzbewerbung enthält lediglich das Bewerbungsanschreiben mit allen oben dargestellten wichtigen Fakten und Argumenten zu Ihrer Qualifikation und Bewerbungsmotivation, jedoch bis auf einen eventuell beigefügten Lebenslauf

(Kurzfassung) mit Foto noch keine weiteren Unterlagen. Es ist sogar durchaus nicht unüblich, lediglich ein 1 bis 1 1/2seitiges Anschreiben zu verschicken und bei der Kurzbewerbung zunächst auf den Lebenslauf zu verzichten. Im Bewerbungsanschreiben sollte jedoch die Formulierung enthalten sein, daß Sie auf Wunsch gerne die ausführlichen Bewerbungsunterlagen nachreichen.
Um das Risko, sich bei dem eigenen Unternehmen zu bewerben, auszuschalten, kann man die Bewerbungsunterlagen mit einem Sperrvermerk kennzeichnen: Die Unterlagen für die Chiffre-Anzeige kommen in einen Umschlag, der dann nicht wie üblich mit Name und Anschrift des Empfängers beschriftet, sondern lediglich mit folgender Aufschrift versehen wird: »Für die Chiffre-Anzeige AAA in der Zeitung BB vom CCC.« Dieser Umschlag wird zusammen mit einem Begleitschreiben an die Anzeigenabteilung der betreffenden Zeitung in einen größeren Umschlag gesteckt, der Adresse und Anschrift der Zeitung sowie den Vermerk »Anzeigenabteilung« enthält, jedoch nicht die Chiffre-Nummer.
Das Anschreiben an die Anzeigenabteilung enthält die Bitte, die Bewerbungsunterlagen in dem separaten Umschlag nur dann weiterzuleiten, wenn es sich bei dem Anzeigen-Aufftraggeber nicht um die Firma (bzw. Firmen) X, Y, Z handelt. Andernfalls bittet man um Rücksendung mit dem Zusatz »Porto zahlt Empfänger« bzw. bereitet dafür einen entsprechenden Umschlag mit Rückporto vor.
Eine *Kurzbewerbung* kann auch bei einer unaufgeforderten Bewerbung angemessen sein. In diesem Fall dient sie beiden Seiten dazu, schnell abzuklären, ob die Chancen für ein weiterführendes Bewerbungsverfahren gut sind.
Die *unaufgeforderte Bewerbung* muß natürlich ganz besonders die Dramaturgie der AIDA-Formel berücksichtigen. Hier geht es vor allem darum, einen Bedarf zu wecken und einen besonders guten »Verkaufsprospekt« in eigener Sache zu entwerfen.

Die telefonische Bewerbung

Drei Ausgangssituationen können ein guter Anlaß sein, das Telefon in der Bewerbungsphase aktiv und gezielt einzusetzen:

1. *Informationsnachfrage*: Sie haben ein interessantes Stellenangebot gelesen, wollen mehr Informationen, und man signalisiert in der Anzeige (u.U. mit der Mitteilung eines konkreten Ansprechpartners) telefonische Auskunftsbereitschaft.

2. *Bedarfsklärung*: Sie versuchen telefonisch vorab zu klären, ob bei einem bestimmten Arbeitgeber Personalbedarf besteht und Ihre (zunächst schriftliche) Bewerbung auf Interesse stoßen könnte.
3. *Nachfaßaktion*: Sie haben sich bereits schriftlich beworben, aber nach etwa zwei bis drei Wochen immer noch keine Rückmeldung (z.B. Eingangsbestätigung Ihrer Unterlagen) und fragen nun telefonisch nach dem Stand der Dinge.

Generell gilt auch hier: Nichts dem Zufall überlassen, d.h. auf keinen Fall unvorbereitet anrufen. Sie müssen wissen, was Sie wollen, was das Ziel Ihres Anrufes ist, und sich vorab genau überlegen, wie Sie Ihr Vorhaben am besten realisieren.
Zur Vorbereitung gehören u.a.: ein ruhiger, ungestörter Ort zum Telefonieren, der günstige Zeitpunkt (nicht am Freitagnachmittag), der Name eines kompetenten Gesprächspartners, die angemessene Vorbereitung schriftlicher Unterlagen, die Möglichkeit, sich Notizen zu machen, aber auch die Vorbereitung auf die Möglichkeit, Rückrufe effektiv entgegennehmen zu können.
Berücksichtigen Sie, daß Sie sich bei Ihrem Telefonanruf bereits in einer Vorstellungs- und Prüfungssituation befinden: Man gewinnt einen ersten Eindruck von Ihnen, macht sich ein Bild und hält dies gar nicht selten sogar schriftlich fest.

Vorstellungsgespräch
Fragen, Hintergründe und erfolgreiche Antwortstrategien

Wie Sie sich von Ihrer besten Seite präsentieren

Aus der Sicht des Arbeitgebers steht im Vorstellungsgespräch die Überprüfung persönlicher und anforderungsbezogener Eignungsmerkmale der Bewerber im Mittelpunkt. Ziel ist es, den angebotenen Arbeitsplatz optimal zu besetzen, d.h. die geeignete Bewerberin oder den passenden Bewerber aus einer Anzahl von Kandidaten herauszufinden.
Aus der Sicht der Bewerber geht es um zwei Aspekte:
1. die Prüfungssituation Vorstellungsgespräch erfolgreich zu bewältigen und
2. den Arbeitsplatz mit seinen Aufgaben und Bedingungen sowie die sich präsentierenden Vorgesetzten nun auch ihrerseits einer Prüfung zu unterziehen. Auf beiden Seiten findet also ein Auswahlprozeß statt.
So richtig und wichtig dieser Gedanke auch ist – er sollte nicht zu der Fehlannahme verleiten, daß sich im Vorstellungsgespräch gleichberechtigte Partner gegenübersitzen. Die Macht der Auswähler, einzustellen oder abzulehnen, ist der Entscheidungsmöglichkeit des Bewerbers, seinerseits die Bewerbung zurückzuziehen, in der Regel überlegen.

Wenn Sie eingeladen werden

Herzlichen Glückwunsch. Sie sind beim Bewerbungsmarathon Ihrem Ziel schon enorm näher gekommen.
Zunächst sollten Sie wissen, daß es zwei Arten von Einstellungsgesprächen gibt: Einzel- und Gruppengespräche. Ihre Dauer ist unterschiedlich, je nach Arbeitsplatz und zu bewältigender Bewerberzahl bzw. Gesprächsteilnehmern auf Arbeitgeberseite. Nicht selten werden dabei zwei bisweilen sogar drei Vorstellungsgespräche mit einem Kandidaten geführt. Die Gesprächsdauer schwankt zwischen einer bis maximal sechs Stunden. Verhandelt wird zumeist in den Geschäftsräumen, höher auf der Karriereleiter finden solche Gespräche auch beim Essen in einem Restaurant statt.
Das Auswahlgremium bzw. der Personalchef möchte nun seine bisherigen

Informationen aus den vorliegenden Bewerbungsunterlagen ergänzen und einen persönlichen Eindruck von Ihnen bekommen. Dabei wird die Ausprägung von Persönlichkeitszügen und Eigenschaften wie vor allem Leistungsbereitschaft, Motivation, Anpassungsfähigkeit und Kompetenz unter die Lupe genommen. Ebenso Beachtung finden äußere Merkmale wie Aussehen, Auftreten, »Manieren« sowie das sprachliche Ausdrucksvermögen. Daher sollte man sich auf das Vorstellungsgespräch als mündliche Test- und Prüfungssituation gut vorbereiten.
Die Vorbereitung auf dieses wichtige Gespräch kostet Zeit und Energie – sicherlich bedeutend mehr, als Sie für die schriftliche Bewerbung benötigten. Sich eine Woche intensiv mit diesem Thema auseinanderzusetzen, ist durchaus ein angemessener Zeitraum.
Ihre Vorbereitung sollte sechs wesentliche Aspekte umfassen:

1. Kenntnis des Hintergrundes und der Intention von Vorstellungsgesprächen,
2. Ihre eigene Ausgangsposition sowie die Ihres Gegenübers,
3. gründliche Informationsrecherche zu Aufgabe, Position, Branche, Arbeitgeber,
4. Kenntnis des gängigen Geschäftsablaufs und des verwendeten Fragenrepertoires,
5. wichtigste Grundlagen der Gesprächspsychologie – d.h. Frage- und Antworttechniken, Körpersprache, Ausdruckspsychologie etc.,
6. organisatorischer Teil (Anreise, Kleidung etc.).

Hintergrund und Intention

Dem Arbeitgeber geht es im Vorstellungsgespräch vor allem um die Persönlichkeit, Leistungsmotivation und Kompetenz der Bewerber.
Diese drei Hauptthemen des Vorstellungsgespräches lassen sich nicht immer ganz eindeutig voneinander abgrenzen. Sie sind auf vielfältige Weise miteinander verflochten.
So könnte man z.B. zu »testende« Eigenschaften wie Verantwortungsbewußtsein, Zuverlässigkcit und Teamfähigkeit allen drei Kategorien zuordnen.

Im einzelnen handelt es sich bei der Erforschung Ihrer **Persönlichkeit** primär um folgende globale Aspekte:

- Wirken Sie sympathisch und vertrauenswürdig?
- Sind Sie anpassungs- und teamfähig?
- Passen Sie zu Institution/Unternehmen/Team?

Mit **Leistungsmotivation** ist gemeint:

- Bringen Sie Engagement (»Enthusiasmus und Biß«) für die Aufgaben Ihrer Position mit?
- Sind Sie in ausgeprägtem Maß lern-, einsatz- und arbeitswillig?
- Kann man erwarten, daß Sie sich mit Unternehmen und Position identifizieren?

Die intendierte Überprüfung Ihrer fachlichen **Kompetenz** zielt ab auf

- das Vorhandensein von berufsrelevanten Erfahrungen, Kenntnissen, Eigenschaften.

Die Kenntnis und Berücksichtigung dieses skizzierten Hintergrundes von Vorstellungsgesprächen ist ein ganz wichtiger Bestandteil Ihrer Vorbereitung.

Sympathie – zur Psychologie des ersten Eindrucks

Gelingen oder Mißlingen eines Vorstellungsgesprächs hängt entscheidend davon ab, ob Sie sympathisch wirken oder nicht.
Es geht um den berühmt-berüchtigten ersten Eindruck, durch den bei zwei Gesprächspartnern, die sich bisher unbekannt waren, die Weichen in Richtung einer positiven (Sympathie) oder negativen Gefühlsreaktion (Antipathie) gestellt werden.

So gesehen sind die ersten Minuten eines Vorstellungsgesprächs von entscheidender Bedeutung.
Wer leistungsmotiviert und kompetent wirkt, macht sich zusätzlich zu seinen sonstigen Persönlichkeitsmerkmalen sympathisch.
Damit sind auch diese weiteren zentralen Faktoren im Vorstellungsgespräch – Leistungsmotivation und Kompetenz als »flankierende Aspekte« – einbezogen (sie sind quasi »Geschwister« der Sympathie).
Dem Bewerber zugeschriebene Leistungsmotivation und Kompetenz tragen zur Realisierung des Interviewer-Bedürfnisses nach Erfolg bei. Für Personalfachleute besteht der Erfolg bereits darin, jemanden empfohlen zu haben, der den Posten bekommt und sich später auch darin bewährt.

Ausgangsposition

Die beiden Ausgangspositionen – verkürzt: Ihre und die Ihres Gegenübers – bestimmen wesentlich den Verlauf des Vorstellungsgesprächs.

Ihre Ausgangsposition:

- Ihr Arbeitsplatzwunsch und die aktuelle Arbeitsmarktsituation (Mangelberuf oder Überangebot)
- Berufsausbildung und Weiterbildung (wenn die Ausbildung zwanzig und die letzte Fortbildung zehn Jahre zurückliegt, fehlen Ihnen im Vorstellungsgespräch nicht nur gute Argumente)
- Tätigkeit/Erfahrung (als Berufsanfänger z.B. werden Sie im Vorstellungsgespräch Ihre berufliche Unerfahrenheit durch andere Qualitäten ausgleichen müssen)
- Ihre aktuelle Arbeitsplatzsituation (steht schon alles »in Flammen«, ist das Schiff am Untergehen, oder können Sie sich gelassen nach neuen Ufern umsehen?)
- bisherige Arbeitsplatzwechselhäufigkeit (soll das der dritte Wechsel innerhalb von zwei Jahren werden, oder können Sie auf fünf Jahre Kontinuität an einem Arbeitsplatz zurückblicken?)
- bisherige Bewerbungserfahrung (wer die 33. Bewerbung abschickt, braucht nach 32 Absagen ein neues Reservoir an innerer Stärke, um weiterhin mit der richtigen und notwendigen Selbstsicherheit und Überzeugungskraft auftreten zu können)
- Kontakte und »Vitamin B« (spielen bei der Bewerbung Beziehungen ein Rolle, haben Sie welche, und können Sie diese nutzen?)
- Persönlichkeits- und Leistungsmerkmale (als stark introvertierter, gehemmter Mensch ist es nicht leicht, in Führungspositionen zu gelangen)

– äußeres Erscheinungsbild
  (mit einem Karl-Marx-Bart stößt man nicht nur in höheren Banketagen heutzutage auf Schwierigkeiten)
– Alter
  (zu jung und unerfahren oder schon zu alt und unflexibel?
  Vergewissern Sie sich Ihrer persönlichen Stärken und Vorzüge!)

Diese zum Teil recht drastischen Beispiele sollen verdeutlichen, worum es hierbei geht. Die Checkliste soll als Anregung dienen, nachzudenken, welches die eigenen Plus- und Minuspunkte, die Marktchancen der von Ihnen angebotenen »Ware« Arbeitskraft sind. Diese bringen Sie in das Vorstellungsgespräch als Präsentations- und »Verkaufsargumente« ein.

Zum Überdenken Ihrer Ausgangsposition gehört auch eine kritische Reflexion der eigenen Person und typische Charaktereigenschaften, die Ihnen bisher vielleicht schon mehrfach in Ihrem Leben Schwierigkeiten gemacht haben.

Wenn Sie z.B. dazu neigen, in einer Art Wiederholungszwang immer mit einem bestimmten Vorgesetztentyp bereits nach wenigen Minuten in Streit zu geraten, weil Sie (unbewußt) an Ihren furchtbar cholerischen Vater oder einen autoritären älteren Bruder erinnert werden, darf Ihnen das nicht im Vorstellungsgespräch passieren.

Aber auch die Gegenseite hat eine Ausgangsposition. Da ist die Arbeitsmarktsituation, die einen starken Einfluß hat. Werden Spezialisten gesucht, vergleichbar der berühmten Stecknadel im Heuhaufen, oder gibt es Bewerber mit Ihrer Qualifikation wie Sand am Meer?

Hat der Personalchef viele oder wenige Bewerbungen auf das Arbeitsplatzangebot erhalten? Handelt es sich um ein eher großes oder kleines Unternehmen? Stimmt das Timing der Personalabteilung, oder leidet das Unternehmen unter Personalnot und Zeitdruck? Hat man es mit einem Ausleseprofi einer Personalberatungsgesellschaft oder eher mit einem Autodidakten auf dem Gebiet der Personalauswahl zu tun? Dies alles bleibt nicht ohne spezifische Auswirkungen.

Natürlich: Auch ein Interviewer ist nur ein Mensch mit unterschiedlicher Tagesform und all seinen Fehlern und Schwächen. Wenn er gerade stark mit eigenen Problemen oder Arbeitsstreß belastet ist, könnte sich das im Vorstellungsgespräch (unbewußt) fortsetzen, ohne daß Sie von diesem Hintergrund etwas ahnen.

Ihre Ausgangsposition wird gestärkt, wenn Sie wissen, worauf es im Vorstellungsgespräch ankommt. Neben Kenntnis der Hintergründe und Intentionen eines Ausleseverfahrens ist die arbeitsplatzbezogene Gewinnung von Informationen eine wichtige Säule Ihrer Ausgangsposition.

Infos: Aufgabe – Position – Branche – Arbeitsplatzanbieter

Wissen ist Macht. Wer zum potentiellen Arbeitgeber nur mit der Adresse im Kopf hingeht, handelt mehr als »kopflos«.
Eine gründliche Vorbereitung auf den möglichen Arbeitgeber und sein Umfeld ist absolut notwendig. Diese Empfehlung gilt ebenso für die Bewerbung bei einer kleinen Firma wie bei einem multinationalen Konzern.
Erste Informationen über das Unternehmen können Sie bereits der Anzeige entnehmen, der Art und Weise, wie sich der Kontakt mit Ihnen als Bewerber anbahnt sowie dem Einladungsschreiben und eventuell beigefügten Informationspapieren.
Angenommen, Sie bewerben sich bei *Siemens*, dann sollten die folgenden Unternehmensdaten zu Ihrem Basiswissen gehören:
- Hauptsitz
- Branchen
- wichtige Tochterunternehmen/Beteiligungen
- Niederlassungen im In- und Ausland
- Produktpalette
- Zahl der Mitarbeiter im In- und Ausland
- Umsatz/Gewinn
- Geschäftsleitung
- Position auf dem nationalen und internationalen Markt (Marktanteile)
- Mitbewerber auf dem in- und ausländischen Markt
- wirtschaftliche Entwicklung der letzten fünf Jahre
- aktueller Aktienstand
- zukünftige Entwicklungschancen
- Firmengeschichte.

Natürlich hängt die Ausführlichkeit der Informationsrecherche vom Arbeitsplatz ab. Als EDV-Sachbearbeiter müssen Sie sich selbstverständlich nicht mit dem Aktiengeschäft beschäftigen, was beim Manager in der Führungsetage ein Muß ist. Informiertheit ist jedoch immer ein großer Pluspunkt (wenn man sie anbringen kann).

Generell geht es immer um
- Aufgabengebiet und Umfeld des angestrebten Arbeitsplatzes,
- Arbeitsmarktsituation (Stimmung, Gewinner, Verlierer, Zusammenhänge), neuere Entwicklungen,
- wichtige Eckdaten zur Position des Unternehmens (der Institution) – wer tut was, wie lange, mit welchem Erfolg?

Informationen dazu erhalten Sie z.B. beim Unternehmen selbst (evtl. über die Pressestelle), ansonsten sind Industrie- und Handelskammer, Fachzeitschriften (Bibliotheken), Nachschlagewerke hilfreich. Aber auch Personen, die bereits in dem Beruf, in der Branche, Firma/Institution arbeiten, können Ihnen wichtige Insiderinformationen geben.

Gesprächsablauf und Fragenrepertoire

Der typische Ablauf eines Vorstellungsgesprächs ist in folgende zehn Phasen einteilbar:

1. Begrüßung und Einleitung des Gesprächs
2. Motive der Bewerbung und Leistungsmotivation
3. Beruflicher Werdegang, Aus- und Weiterbildung
4. Persönlicher, familiärer und sozialer Hintergrund
5. Gesundheitszustand
6. Berufliche Kompetenz und Eignung
7. Information für den Bewerber
8. Arbeits- und Vertragskonditionen
9. Fragen des Bewerbers
10. Abschluß des Gesprächs und Verabschiedung

Abgesehen von der Begrüßungs- und Verabschiedungsphase kann die Reihenfolge variieren. Auch müssen nicht gleich beim ersten Vorstellungsgespräch alle Themen ausführlich behandelt werden.

Wie Sie sich die Phasen im einzelnen vorstellen müssen,
- welche Fragen auf Sie zukommen können (Frage),
- was der jeweilige Fragenhintergrund ist (Hintergrund),
- was Sie bei der Beantwortung bedenken sollten (Hinweise), darüber informieren die folgenden Abschnitte dieses Buches.

Zuvor jedoch die wichtige Anmerkung, daß jedes Bewerbungsinterview je nach Berufsbranche und (noch viel wichtiger) je nach angestrebter Position unterschiedlich verläuft.
Die wesentlichen Frageinhalte sind jedoch in folgender Aufstellung sowohl für den Klein- wie den Großverdiener von Bedeutung. Ob Sekretärin, Ärztin, Dachdecker oder kaufmännische Angestellte – im wesentlichen sind die Fragen in den Gesprächsphasen 2-6 gleich.
Für Azubis haben wir übrigens eine eigene Fragensammlung zusammengestellt (s. S. 74). Sollten Sie sich aus der Arbeitslosigkeit heraus bewerben oder nach längerer Unterbrechung wieder in den Beruf einsteigen wollen, sind im Vorstellungsgespräch einige besondere Aspekte zu berücksichtigen (s. S. 76). Weiterhin beschäftigen wir uns auch mit Fragen, die speziell an Bewerberinnen gestellt werden (s. S. 77).

1. Einleitung des Gesprächs

Begrüßung, Händedruck, Vorstellung
Hintergrund: Erster Eindruck, Kontaktaufnahme, Äußeres, Umgangsformen, Auftreten und erste Überprüfung der Anpassungsfähigkeit und -bereitschaft. Beurteilung der Sicherheit des Auftretens, der Pünktlichkeit etc.
Hinweise: Die genannten Hintergrundaspekte der ersten Minuten des Vorstellungsgesprächs deuten es bereits an: Wer dem Personalchef unpünktlich, abgehetzt und verschwitzt gegenübertritt oder sichtlich gelangweilt und genervt wirkt, weil er/sie 20 Minuten warten mußte, reagiert auf den »Eröffnungszug« des Arbeitgebers sehr ungeschickt.
Ein zu kräftiger Händedruck (Marke »Knochenbrecher«) oder verschämte Laschheit (»tote Hasenpfote«) erzeugen wenig Sympathie in den ersten wichtigen Sekunden dieser für Sie bedeutsamen Begegnung mit Ihrem potentiellen Arbeitgeber. Kein verschämter Blick nach unten, sondern freundlich ins Gesicht lächeln, angemessen die Begrüßung erwidern. Sprechen Sie Ihren Namen deutlich aus, und merken Sie sich den Namen Ihres Gesprächs-

partners für gelegentliche Verwendung im Gespräch. Auch für spätere Nachfrageaktionen muß man unbedingt wissen, mit wem man gesprochen hat.

Anmoderation/Smalltalk (»Wir danken Ihnen für Ihr Kommen, ... angenehme Reise gehabt, ... gut untergebracht, ...was für ein xy Wetter.«)
Hintergrund: Ihre Gesprächspartner wollen sich und Sie in einer »warming-up«-Phase auflockern, eine freundliche Gesprächsatmosphäre herstellen und Ihre eventuelle Verkrampfung (Prüfungsangst) abbauen.
Hinweise: Das Smalltalk-Angebot sollten Sie nicht ablehnen – etwa mit dem Unterton »Interessiert Sie das Wetter wirklich?« –, sondern diplomatisch, mit angebrachter Zurückhaltung und Höflichkeit darauf eingehen.

Frage: **Möchten Sie rauchen (Kaffee, Alkohol)?**
Hintergrund: Dies gehört ebenfalls zur Bemühung eine entspannte Atmosphäre herzustellen und dient gleichzeitig der Beobachtung Ihrer Reaktion.
Hinweise: Rauchen sollten Sie nur, wenn ein Aschenbecher vorhanden ist und Ihr Gegenüber offensichtlich ebenfalls Raucher ist. Alkohol sollten Sie auf jeden Fall ablehnen (Vorsicht Falle!), Kaffee können Sie annehmen, vergessen Sie aber nicht die eventuelle Wirkung auf Ihre Transpiration...

In dieser ersten Gesprächsphase sollten Sie klären, wieviel Zeit für das Vorstellungsgespräch eingeplant ist.

2. Motive der Bewerbung und Leistungsbereitschaft

Frage: **Wie ist es eigentlich zu Ihrer Bewerbung bei unserem Unternehmen/unserer Institution gekommen? Was reizt Sie an dieser Aufgabe/Position? Warum wollen Sie dies gerade bei uns machen?**
Hintergrund: Abchecken von Motivation und Interesse. Was bewegt Sie wirklich? Wie fundiert ist beides? Wie sieht Ihre Situation aus: Ist der Arbeitsplatz erste Wahl oder nur eine Kompomißlösung?
Hinweise: Auf diese Standardfragen müssen Sie vorbereitet sein und sie flüssig und überzeugend beantworten können. Es handelt sich hier um die wichtigsten, entscheidendsten Fragen und Themen im ganzen Gespräch. Wem hier nichts Besseres einfällt als »Ihre Anzeige hat mich angesprochen ...« gehört von vornherein zu den Verlierern.

Frage: **Aus welchen Gründen wollen Sie den Arbeitsplatz wechseln? Weshalb wollen Sie Ihre jetzige Tätigkeit/Position aufgeben?**
Hintergrund: Motivanalyse Ihrer Bewerbung, Ausleuchten Ihrer Ausgangs- und Hintergrundsituation. Wie unzufrieden sind Sie, und was ist der Grund dafür?
Hinweise: Hier kommt es auf eine plausibel klingende, überzeugende Präsentation an. Verlieren Sie sich nicht im Detail, und beklagen Sie sich bloß nicht über Ihren jetzigen (früheren) Arbeitgeber. Was gern gehört wird: Vorankommen wollen, Herausforderung, Reiz der neuen Aufgabe.

Frage: **Was reizt Sie an der neuen Aufgabe? Oder auch: Was erwarten Sie von der in unserem Haus angeboteten Position? Warum wollen Sie gerade bei uns arbeiten? Was ist aus Ihrer Sicht das Besondere an uns?**
Hintergrund: Ihre Motivation, wie gut haben Sie sich vorbereitet, wie realistisch sind Ihre Einschätzungen? Kommt bei Wiederholungsfragen Widersprüchliches zu Tage?
Hinweise: Wieder müssen Sie überzeugend argumentieren, auch bei den Wiederholungsfragen Geduld zeigen und sich nicht verstricken. Sind die von Ihnen angeführten Gründe nachvollziehbar? Machen Sie deutlich, daß Sie sich auf die beruflichen Aufgaben und den potentiellen Arbeitgeber genaustens vorbereitet haben. Gern gehört sind Stichworte wie »Zukunftschancen« und »Image der Firma« – aber vermeiden Sie plumpe Schmeicheleien.

Frage: **Haben Sie einen besonderen Bezug zu unserem Unternehmen? Kennen Sie Mitarbeiter aus unserem Haus? Was haben die Ihnen denn so alles über uns erzählt?**
Hintergrund: Wertschätzung der Firma. Woher beziehen Sie Ihre Informationen? Wissen Sie, was man wie sagt und was man lieber für sich behält?
Hinweise: Ein persönlicher Bezug zum Unternehmen kann von Vorteil sein. Bereiten Sie sich auf eine glaubwürdige Aussage vor. Lassen Sie sich nicht dazu verleiten, aus der internen Firmen-Gerüchteküche zu plaudern. Bevor Sie angeben, jemanden aus dem Unternehmen zu kennen, müssen Sie wissen, wie dessen Position und Ansehen ist.

Frage: **Haben Sie zur Zeit noch andere Bewerbungsverfahren? Gibt es konkrete Verhandlungen bzw. Ergebnisse?**
Hintergrund: Wiederum geht es um Motivation, die Ernsthaftigkeit Ihres Wunsches nach genau jenem Arbeitsplatz, wieviel Druck und Ehrgeiz hinter

diesem Anliegen steckt. Aber auch die Wertschätzung gegenüber dem potentiell neuen Arbeitgeber findet in der Antwort Ausdruck.
Hinweise: Diese Frage könnte sich als Falle herausstellen. Wie hoch ist Ihre Identifikation mit dem laufenden Bewerbungsverfahren? Also: Kein Wort über Absagen und Fehlschläge und besser nichts über parallele Verhandlungen.

Frage: **Könnten Sie sich vorstellen, zu einem späteren Zeitpunkt in die alte (jetzige) Firma zurückzukehren? Was bewog Sie damals, im Jahre 19xx und 19yz, den Arbeitsplatz zu wechseln?**
Hintergrund: Wechseln oder wechselten Sie in Frieden oder in Streit? Gibt es sich wiederholende Motive, die Sie zum Wechseln veranlassen? Spielen dabei in Ihrer Person begründete Probleme eine Rolle (vor denen der Arbeitgeber sich bewahren möchte)?
Hinweise: Die Beantwortung der ersten Frage hängt stark davon ab, was Sie vorher über Ihre berufliche Situation und die Motive Ihrer Wechselabsicht gesagt haben.

Sie tun gut daran, vorbereitet zu sein und auch frühere Arbeitsplatzwechsel in Ihrem Berufsleben plausibel darstellen zu können. Schuldzuweisungen kommen extrem schlecht an, potenzieren sich letztlich nur auf dem Negativkonto der Person, die sie ausspricht.

Frage: **Was hat für Sie Priorität bei Ihrer Arbeit? Wie stellen Sie sich im Idealfall Ihre Arbeit vor? Was sind Vor- und Nachteile der angebotenen Arbeit? Wie wollen Sie damit umgehen?**
Hintergrund: Wie intensiv haben Sie diese Themen bereits durchdacht? Wie realistisch sind Ihre Einschätzungen? Was für eine »Arbeitspersönlichkeit« sind Sie? Wie präsentieren Sie sich? Welche Merkmale zeigen Sie? Welche Prognose kann man aus Arbeitgebersicht aufgrund Ihrer Aussagen machen?
Hinweise: Stellen Sie sich geschickt an im Umgang mit schwierigen, komplexen Themen. Verlieren Sie sich nicht in Details, und behalten Sie das realistische Mittelmaß in der Darstellung Ihrer Persönlichkeit und Fähigkeit. Wer an dieser Stelle ein 20minütiges monologartiges Referat hält oder Extrempositionen vertritt, ist »out«.

Frage: **Sie haben sich bei uns für die Aufgabe/Position XY beworben. Wir können Ihnen diese aber nicht anbieten, aber eine andere in unserem Haus – wären Sie interessiert? Gibt es – ganz allgemein – auch noch**

andere Aufgaben/Positionen, die interessant für Sie wären (welche und warum)?
Hintergrund: Wieder Leistungsmotivation, Zielstrebigkeit, Anpassungsbereitschaft.
Hinweise: Auch hier befinden Sie sich mit Ihrer Antwort auf einer Gratwanderung. Mögliche Gefahren bei der Antwort: 1. Ihre Motivation für die aktuelle Bewerbung erscheint als zu gering, auch Ihre Zielstrebigkeit bleibt unter den Erwartungen; 2. Flexibilität und Anpassungsbereitschaft erscheinen unterentwickelt. Antwortempfehlung in der Tendenz: Ich habe mich zwar auf die konkrete Position beworben, würde aber unter Umständen auch für Ihr Unternehmen arbeiten, wenn Sie eine akzeptable Alternative zu XYZ anbieten ...
Natürlich gibt es noch andere Aufgaben und Positionen, die Sie interessieren – aber Vorsicht, nicht »abstürzen« oder verplaudern.

Frage: **Auf welche Ihrer beruflichen Leistungen und Erfolge sind Sie besonders stolz? Und jetzt zu Ihren Mißerfolgen?**
Hintergrund: Was haben Sie als Leistungsnachweis anzubieten? Nebenbei: Wie gehen Sie mit komplexen Fragen um?
Hinweise: Während bei den Erfolgsberichten nicht gespart werden muß – insbesondere bei den Teamleistungen –, gilt es bei den Mißerfolgen, zurückhaltend und eher bei sich selbst zu bleiben, ohne wirklich gravierende, irreparable Schäden zu beichten.

Frage: **Wie sehen Sie Ihre Zukunft? Was sind Ihre Ziele? Was möchten Sie in 5 und was in 10 Jahren erreicht haben?**
Hintergrund: Es geht um Leistungsbereitschaft und Motivation, um »Biß«, Drive, visionäre Begabung und Zukunftsplanung.
Hinweise: Als leistungsmotivierter Mitarbeiter sind Sie zuversichtlich, was Ihren beruflichen Werdegang angeht. Aber: Übertreiben Sie nicht zu sehr, damit man vor Ihnen keine Konkurrenzangst bekommt und glaubt, Sie würden gleich die Säge am Stuhl Ihres Chefs ansetzen ...

3. Beruflicher Werdegang, Aus- und Weiterbildung

Frage: **Wie verlief Ihr bisheriger Berufsweg? Aus welchen Gründen haben Sie sich für die Arbeitsplätze X, Y und Z entschieden?**
Hintergrund: Planung oder Zufall? Auf- oder Abstieg? Ist ein roter Faden bei Ihren Motiven für Arbeitsplatz- und Positionswechsel erkennbar?
Hinweise: Was Sie in Ihren Bewerbungsunterlagen kunstvoll zu Papier gebracht haben, müssen Sie jetzt überzeugend und ggf. auch ausführlich darstellen und begründen können. Wichtig ist dabei die Präsentation eines logischen Zusammenhangs zwischen einzelnen beruflichen Stationen. Mit dem gereizten Hinweis »Das steht doch alles in meinen Unterlagen« katapultieren Sie sich aus dem Bewerbungsverfahren.

Frage: **Nennen Sie wichtige Aspekte Ihrer bisherigen Tätigkeiten/Ausbildungsgänge. Was haben Sie an Ihrem jetzigen Arbeitsplatz für das Unternehmen/die Institution erreicht?**
Hintergrund: Gelingt es Ihnen, komplexe Sachverhalte überzeugend auf den Punkt zu bringen, und paßt dies inhaltlich zu der angebotenen Stelle? Welche Selbsteinschätzung haben Sie?
Hinweise: »Weil ich das und das gelernt, gearbeitet, geleistet habe, bin ich für diese Position gut geeignet« – ohne dies wörtlich auszusprechen, sollte so ungefähr der Tenor sein, mit dem diese Frage zu beantworten ist.

Frage: **Wie würden Sie sich heute entscheiden, wenn Sie nochmals die Möglichkeit hätten, Ihre berufliche Laufbahn zu planen? Was würden Sie anders machen?**
Hintergrund: Wie zufrieden sind Sie, wie stark ist Ihre Identifikation mit Ihrer derzeitigen Berufstätigkeit?
Hinweise: Weder satte Selbstzufriedenheit noch ambivalente Zweifelsucht sollten hier die Antwort bestimmen. Wichtig: Man würde an seinem beruflichen Werdegang im Prinzip nichts Wesentliches ändern wollen.

Frage: **Was haben Sie zuletzt an Ihrem Arbeitsplatz genau gemacht – was gerne und was ungerne? Schildern Sie Ihren typischen Arbeitstag.**
Hintergrund: Es geht um den tieferen Einblick in Ihre derzeitigen Aufgaben und die Überprüfung, ob der gute Eindruck aufgrund Ihrer schriftlichen Unterlagen Bestand hat. Mit anderen Worten: Man versucht, Ihre beruflichen Schwachstellen zu enttarnen.

Hinweise: Diese auf den ersten Blick harmlos klingenden Fragen sind schwieriger zu beantworten als Sie glauben. Deshalb erfordern sie eine besonders gute Vorbereitung. Wer z.B. bei seinem aktuellen Arbeitsplatz alles gut und gerne macht, lügt ausgesprochen ungeschickt. Warum dann wohl der Wechsel?

Frage: **Warum haben Sie diesen beruflichen Werdegang eingeschlagen?**
Hintergrund: Wie überzeugend können Sie sich und Ihre Leistungen präsentieren. Gibt es ein stimmiges Bild, spürt man das richtige Maß an Zufriedenheit und Energiepotential?
Hinweise: Hier gilt es, den Eindruck von Zufälligkeit und »Schicksal« zu vermeiden. Reflexion, Planung und »weise« Voraussicht sind unausgesprochene Schlüsselwörter.

Frage: **Warum haben Sie Ihren Arbeitgeber häufig bzw. selten gewechselt?**
Hintergrund: Schwachstellen aufdecken; den Bewerber durch diese Fragen mit einer schwierigen, u.U. peinlichen Situation konfrontieren und beobachten.
Hinweise: Gut vorbereitet sein; gut argumentieren können; glaubwürdige Darstellung, auch mit dem Bekenntnis eigener Fehler. Lassen Sie sich nicht aus der Ruhe bringen, und reagieren Sie nicht aggressiv.

Frage: **An welchen Fortbildungsmaßnahmen haben Sie teilgenommen – initiiert durch Ihre Firma oder Sie selbst?**
Hintergrund: Überpüfung von Kompetenz und Leistungsmotivation. Fortbildung aufgrund Eigeninitiative oder nur auf Anordnung?
Hinweise: Wenige Sätze reichen aus. Es kommt darauf an, daß Ihr Gegenüber merkt, daß Sie etwas zu berichten wissen. Auch Fachliteratur und Austausch mit Kollegen können hier aufgeführt werden. Besser sind natürlich Tagungen, Messen, Fortbildungsveranstaltungen.

Frage: **Haben Sie Personen kennengelernt, die für Sie Vorbildcharakter hatten? Erzählen Sie uns ausführlicher darüber! Gab es auch Negativbeispiele? Gibt es an Ihrem jetzigen Arbeitsplatz einen Menschen, den Sie wegen seines Erfolges bewundern? Und weshalb?**
Hintergrund: Überleitung zur »Erforschung« Ihrer Persönlichkeitsstruktur in bezug auf den Beruf. Von der Art der Vorbilder werden – im positiven wie

im negativen Sinne – Rückschlüsse auf Sie gezogen. Wie möchten Sie gerne sein, wie nicht? Was erachten Sie an anderen als wichtig und was als unwichtig?
Hinweise: Signalisieren Sie, die Bedeutung der Vorbildfunktion zu kennen und wertzuschätzen (mit Beispielen). Benennen Sie Stärken und auch kleinere Schwächen von anderen, und denken Sie gleichzeitig daran, daß Ihr Urteil auch über Sie etwas aussagt.

Frage: **Fühlen Sie sich in Ihren beruflichen Leistungen von Ihren früheren Vorgesetzten angemessen beurteilt?**
Hintergrund: Wie gehen Sie mit dem heiklen Thema Leistungsbeurteilung um? Lassen Sie sich provozieren, und verteilen Sie Schuldzuweisungen?
Hinweise: Halten Sie sich bedeckt, und lassen Sie sich nicht provozieren. Vermeiden Sie vor allem Klagen über Ihre früheren Vorgesetzten und damit eine unglückliche Selbstdarstellung.

Frage: **Was würden Sie an Ihrem jetzigen Arbeitsplatz verändern, wenn Sie Veränderungen durchführen könnten, wie Sie wollen?**
Hintergrund: Sind Sie ein notorischer Besserwisser oder gar ein »Revolutionär«? Ein reiner Provokationstest – es geht nicht um Ihre Kreatität.
Hinweise: Natürlich gibt es Dinge, die veränderungswürdig sind, aber dies ist hier nicht der Rahmen, angemessen die Probleme eines anderen Arbeitsplatzes zu diskutieren. Halten Sie sich bedeckt, und fallen Sie nicht auf diesen Provokationstest rein!

Frage: **Bei Ihrem beruflichen Werdegang: Warum haben Sie z.B. nicht XYZ ... gemacht? Wie erklären Sie sich die Probleme an Ihrem jetzigen Arbeitsplatz?**
Hintergrund: Wie reagieren Sie auf Vorhaltungen nach der Art eines Streß-Interviews (s. S. 80 ff.). Bei Ihrer Antwort wird mehr auf das »Wie« als auf das »Was« geachtet.
Hinweise: Man fühlt Ihnen auf den Zahn, und das kann schmerzhaft sein. Von Problemen haben Sie (hoffentlich) nichts erzählt. Bleiben Sie auf jeden Fall gelassen und moderat. Darum geht es hier.

Frage: **Sind Sie der Meinung, auf Ihre potentielle neue berufliche Aufgabe gut vorbereitet zu sein?**
Hintergrund: Wie stark ist Ihr berufliches Selbstwertgefühl ausgeprägt?

Hinweise: Ohne arrogant und eitel zu wirken, ist hier eine Gelegenheit gegeben, selbstbewußt aufzutreten. Wenn Sie sich selbst die Sache nicht zutrauen, wer denn sonst?

Frage: **Was war bisher Ihr schlimmstes, unangenehmstes (Arbeits-)Erlebnis?**
Hintergrund: Persönlichkeitstest, auf den Zahn fühlen, eventuelle Widersprüche zum Thema bisherige Mißerfolge aufdecken.
Hinweise: Aufgepaßt – was war Ihre Antwort bei der Frage nach Ihrem größten Mißerfolg? Welches Bild geben Sie von sich ab? Lassen Sie Ihre Leichen im Keller.

4. Persönlicher, familiärer und sozialer Hintergrund

In dieser Gesprächsphase geht es um drei Bereiche:
- Wer und wie sind Sie?
- Mit wem leben Sie zusammen, und wie sind diese Personen?
- Wie sieht Ihr erweitertes soziales Umfeld aus?

Zu Ihrer Person

Frage: **Wir wollen Sie gerne kennenlernen, erzählen Sie etwas über sich. Wie würden Sie sich kurz charakterisieren?**
Hintergrund: Ein unverstellter Versuch, in die Schränke und Schubladen Ihrer Persönlichkeit zu gucken. Es geht darum, die »dunkle Seite des Mondes« zu entdecken und einen weiteren, sehr wichtigen Mosaikstein zur zentralen Frage des Bewerbungsverfahrens hinzuzugewinnen: Paßt der Bewerber in unser Unternehmen?
Hinweise: Hier haben Sie es mit neugierigen Besuchern, unter Umständen mit »Einbrechern« zu tun, und es liegt an Ihnen, sich darauf vorzubereiten. Beginnen Sie bei sogenannten offenen Fragen wie dieser immer erst damit, die berufliche Ebene anzusprechen und später – wenn überhaupt notwendig – die private.

Frage: **Was sind Ihre Stärken, was Ihre Schwächen? Was ist Ihr größter Erfolg/Mißerfolg (beruflich/privat)?**
Was war bisher in Ihrem Leben Ihr schlimmstes Erlebnis?

Was war für Sie – rückblickend betrachtet – in den letzten fünf Jahren der wichtigste (persönliche/berufliche) Entwicklungsschritt?
Hintergrund: Wie stellen Sie sich an? Wie glaubwürdig wirken Sie dabei? Kann man Schwächen entdecken? Können Sie Entwicklungen sichtbar machen und vermitteln?
Hinweise: Sie sollten mit Gelassenheit sowohl die positiven als auch einige harmlose negative Dinge darstellen und vertreten.
Überlegen Sie genau, welche Offenheit Sie sich bei Schwächen, Mißerfolgen oder der Darstellung persönlicher Entwicklungsschritte leisten können. Die »Schlimmste-Erlebnis-Frage« kann man durchaus auch angemessen zurückweisen, man könnte das Erlebnis verdrängt haben.
Zu Ihren Schwächen: Vielleicht kommen Sie zu dem Ergebnis, daß Sie im Innersten Ihrer Seele z.B. Kritik an Ihrer Person nicht ertragen können. Diese Selbsterkenntnis wäre ja schon ein erster Schritt zur Besserung, ist aber wirklich nicht dazu angetan, in einem Vorstellungsgespräch ausgebreitet zu werden.

Frage: **Was schätzen Sie an anderen, was nicht (Arbeitskollegen, Vorgesetzte, Freunde, Bekannte)? Haben Sie Leitbilder?**
Hintergrund: »Persönlichkeitsdiagnostik« (s.a. entsprechende Fragen im vorigen Abschnitt, vgl. S. 59, 66).

Frage: **Warum sollten wir gerade Sie einstellen?**
Hintergrund: Ein fundamentaler Test Ihres Selbstbewußtseins und Selbstvertrauens. Sind Sie in der Lage, die für Sie sprechenden Eigenschaften im Hinblick auf die angestrebte Position prägnant zusammenzufassen?
Hinweise: Obwohl diese Frage zu den absoluten Standardfragen gehört, trifft Sie viele Bewerber völlig überraschend und unvorbereitet. Also: Bereiten Sie sich vor, aber bitte keinen 20minütigen Monolog (Vorschlag: Argument 1. ..., 2. ..., 3. ...).

Frage: **Wir wollen Sie als Mensch kennenlernen. Was machen Sie neben Ihrem beruflichen Engagement?**
Welche Interessen, welche Hobbys haben Sie?
Wer ist Ihr Lieblingsschriftsteller?
Welche Sportarten treiben Sie?
Hintergrund: Kennenlernen des Interessenspektrums, der Besonderheiten, Hobbys, kulturelle Aktivitäten und Interessen. Denken Sie auch an körperliche Fitness.

Hinweise: Die Beantwortung sollten Sie nicht dem Zufall überlassen. Bedenken Sie: Zu viel Sport ist leider wegen der begrenzten Freizeit nicht möglich, aber zu Ihrem Körper haben Sie natürlich ein gesundes Verhältnis. Vorsicht bei der Erwähnung von Risikosportarten wie z.B. Drachenfliegen.

Frage: **Was bedeutet Teamarbeit für Sie?**
Hintergrund: Sind Sie lieber Einzelkämpfer oder Gruppenmensch?
Hinweise: Was wäre wohl bei der angestrebten Aufgabe eher gewünscht? Heutzutage werden insbesondere teamfähige Leute gesucht – auch wenn dann später in der Realität jeder gegen jeden antritt.

Frage: **Mit welchen Menschen arbeiten Sie gern/ungern zusammen? Hatten Sie schon mal Schwierigkeiten mit Untergebenen? Wenn ja: mit wem? Warum? Wie sind Sie damit umgegangen? Welche Konsequenzen haben Sie daraus gezogen?**
Hintergrund: Es geht weiter ganz unverstellt zur Sache (Psychodiagnostik) – oder: Wie ist es um Ihr Konfliktlösungspotential bestellt?
Hinweise: Wenn es Ihnen bei diesen Fragen die Sprache verschlägt, spricht das gegen Sie. Jeder Mensch bevorzugt bestimmte Arbeitspartner und hat schon mal Schwierigkeiten mit anderen gehabt. Nur gerade jetzt müssen Sie wissen, was Sie darüber preisgeben wollen und auf welche Weise.

Frage: **Worüber können Sie sich so richtig ärgern? Was macht Sie wütend? Was bereitet Ihnen Sorgen?**
Hintergrund: Wie gehen Sie mit diesen Fragen um, kann man Sie damit ärgern oder verängstigen?
Hinweise: Weichen Sie in diesem Teil eines Streß-Interviews nicht auf, sondern aus! Z.B. auf Unverfängliches wie die letzte Heimniederlage Ihres Lieblingsfußballclubs, Ihre Schwiegermutter, den lauten Nachbarn usw. Ärger- wie Sorgen-Themen müssen Sie geschickt umschiffen.

Frage: **Wie gehen Sie mit Kritik um?**
Hintergrund: Wieder eine Persönlichkeitstestfrage.
Hinweise: Es kommt sicherlich immer darauf an, wer Sie, wann, wie und weshalb kritisiert. Kritik bringt Sie nicht um, aber vielleicht weiter.

Frage: **Angenommen Zeit und Geld spielten überhaupt keine Rolle: Wie würden Sie Ihr Leben gestalten?**

Hintergrund: Tiefenpsychologische Ausleuchtung vom Feinsten!
Hinweise: Bleiben Sie ruhig auf dem Teppich, aber kommen Sie runter von der Couch!

Zu Ihrer Familie

Frage: **Wie sieht Ihre aktuelle Lebenssituation aus?**
Hintergrund: Mit wem leben Sie zusammen? Single, Lebens- oder Ehepartner?
Hinweise: Verliebt, verlobt, verheiratet? Alles Themen, die den Arbeitgeber eigentlich absolut nichts angehen.

Frage: **Stellen Sie uns doch bitte mal Ihre Familie vor. (Gegenfrage: Welche? Meine Ursprungsfamilie oder meine jetzige?)**
Hintergrund: Informationsbedürfnis über den Bewerber und das Milieu, das ihn umgibt und aus dem er kommt.
Hinweise: Gehen Sie nicht zu sehr ins Detail, Sie müssen sich überhaupt nicht rechtfertigen ...

Frage: **Was macht Ihre Frau/Ihr Mann so beruflich und wo?**
Hintergrund: Abchecken der sozialen Verhältnisse. Devise: Zeige mir deinen Partner und ich weiß ein bißchen mehr, wer und wie du bist.
Hinweise: Sie sind sich darüber im Klaren, daß Sie eine relativ konfliktfreie, problemlose heile Welt präsentieren müssen.

Frage: **Was sagt Ihr Lebenspartner zu Ihren Plänen (Probleme? Evtl. Umzug, Arbeitszeiten etc.)?**
Hintergrund: Werden Sie unterstützt? Ist Ihr Lebenspartner mit Ihren Plänen einverstanden, oder gibt es da Hemmnisse?
Hinweise: Wer hier nicht überzeugend positiv auftritt oder gar zugeben muß, noch nichts besprochen zu haben, könnte einen negativen Eindruck schaffen.

Frage: **Welcher Erziehungsstil herrschte in Ihrem Elternhaus? Wie war das Verhältnis zu Ihren Eltern? Welchen Erziehungsstil praktizieren Sie heute als Elternteil? Wie war und wie ist Ihr Verhältnis zu Ihren Geschwistern?**
Hintergrund: (Eigentlich unzulässiger) Eingriff in die Privatsphäre. Es geht um Rückschlüsse von der Vergangenheit auf die Gegenwart (Erziehungs-= Führungsstil / Geschwister = Kollegen / Eltern = Vorgesetzte).

Hinweise: Die Antworten wollen gut überlegt sein. Vermeiden Sie hier spontan und assoziativ zu plaudern. Es liegt auf der Hand: Die Beziehung zu Ihren Eltern und Geschwistern war gut und weitestgehend konfliktfrei – bis auf die in jeder Familie mal vorkommenden Auseinandersetzungen.

Zu Ihrem sozialen Hintergrund

Frage: **Gibt es Bereiche, in denen Sie sich besonders engagieren?**
Hintergrund: Wie sieht es mit politischem oder sozialem Engagement aus (Parteien, Gewerkschaften, Bürgerinitiativen, Kirche, Vereine, soziale Institutionen)?
Hinweise: Machen Sie sich bewußt, welches Bild Sie von sich entwerfen, wenn Sie sich zu dem einen oder anderen sozialen Engagement bekennen.

Frage: **Mit welchen Menschen sind Sie gerne zusammen, und was verbindet Sie mit diesen?**
Hintergrund: »Zeige mir deine Freunde und ich sage dir, wer du bist« – Informationen über Dritte sind Informationen über Sie selbst.
Hinweise: Wie sehen Ihre sozialen, zwischenmenschlichen Beziehungen aus? (Natürlich harmonisch!)

5. Gesundheitzustand

Frage: **Waren Sie schon mal ernstlich erkrankt? Gibt es gesundheitliche Einschränkungen mit beruflichen Auswirkungen? Krankenhausaufenthalte, Unfälle, Allergien?**
Hintergrund: Wie steht es um Ihre uneingeschränkte gesundheitliche Leistungsfähigkeit?
Hinweise: Lassen Sie keine Zweifel daran aufkommen, daß es bei Ihnen keine berufsrelevanten Beeinträchtigungen gibt (siehe auch Rechtsprobleme des Vorstellungsgesprächs, S. 84).

Frage: **Waren Sie im letzten Jahr mehr als zwei Mal beim Arzt? Haben Sie einen Hausarzt?**
Hintergrund: Fangfragen zur Überprüfung des Gesundheitszustandes im Hinblick auf zukünftig befürchtete Fehlzeiten.
Hinweise: Achtung aufgepaßt – nicht verplappern. Das sind üble Rhetoriktricks, auf die man leicht hereinfallen kann.

6. Berufliche Kompetenz und Eignung

Frage: **Wie gut kennen Sie sich in unserer Branche, in unserem Metier aus? Wie schätzen Sie die aktuelle (zukünftige) Marktsituation ein? Wie sind die Marktanteile verteilt, wie ist die Stimmung, wo sind Probleme, Stärken/Schwächen?**
Hintergrund: Wie sieht Ihr aktueller Wissensstand aus? Können Sie kompetent mitreden, einschätzen, beurteilen?
Hinweise: Es gilt das schon mehrfach zum Thema Vorbereitung Gesagte. Sollten Sie bei einer Frage trotz guter Vorbereitung nicht genug Hintergrundwissen haben, bekennen Sie sich dazu. Es macht Sie nicht unsympathisch, wenn Sie in Maßen Kenntnislücken zugeben.

Frage: **Kennen Sie ... (dieses Verfahren, die Person, die Diskussion um etc.)? Wie ist Ihre Meinung zu ...? Wie beurteilen Sie ...? Was würden Sie machen, wenn ...?**
Hintergrund: Test von Informationsstand und Fachwissen, bis hin zur Aufforderung, ad hoc im Gespräch eine »Mini-Arbeitsprobe« abzulegen.
Hinweise: Geben Sie ruhig zu, wenn Sie etwas nicht wissen. Das wirkt authentischer, als wenn Sie wild drauflos phantasieren.

Frage: **Auf welchem Gebiet lag Ihr Ausbildungsschwerpunkt, und wie kam es dazu? Was würden Sie als Ihren aktuellen, spezifischen Arbeitsschwerpunkt bezeichnen? Können Sie uns einmal kurz die Ergebnisse Ihrer Arbeit, die Quintessenz Ihrer Bemühungen auf dem Gebiet XYZ darstellen?**
Hintergrund: Wie kompetent können Sie sich und Ihr Arbeitsgebiet darstellen? Auch die Art und Weise Ihres »Vortrages« wird an dieser Stelle mitbewertet.
Hinweise: Fragen nach Ihrer Ausbildung, Ihrem Studium und der Einstiegsposition. Beim gestandenen Praktiker ist jedoch die Verbindung von Vergangenheit und Gegenwart (Wie kam ich dazu?) von Bedeutung.

Frage: **Können Sie uns noch einmal verdeutlichen: Was spricht für und was gegen Sie? Warum sollten wir gerade Sie einstellen?**
Hintergrund: Abermals ein Test zur Selbsteinschätzung und -darstellung.
Hinweise: Eine Kurzzusammenfassung der Argumente, die für Sie sprechen. An Argumenten gegen Sie fällt Ihnen höchstens eins ein, maximal andert-

halb. Natürlich nur etwas Harmloses, was jeder potentielle Arbeitgeber leicht entkräften könnte. Sie brechen doch nicht selbst den Stab über sich.

Frage: **Was machen Sie, wenn Sie den Arbeitsplatz bei uns nicht bekommen, wenn wir uns für einen anderen Bewerber entscheiden?**
Hintergrund: Erfragt wird damit, wie Sie Frustration verarbeiten und inwieweit Sie sie zeigen.
Hinweise: Weder sind Sie völlig zerknirscht, am Boden zerstört, noch heilfroh und glücklich, wenn Ihnen dieser Job erspart bliebe. Bringen Sie zum Ausdruck, daß Sie eine Entscheidung gegen Sie als KandidatIn bedauern, aber akzeptieren würden. Sie sind beruflich jedenfalls derzeit gut verankert und keinesfalls auf den neuen Arbeitsplatz absolut angewiesen.

7. Informationen für den Bewerber

Früher oder später kommt der Moment, daß Ihr Interviewpartner Sie ausführlich über die Firma/Institution informieren will. Das ist eine wichtige Gesprächsphase, in der es vor allem auf Ihre demonstrative Zuhörfähigkeit ankommt – im Psychojargon »aktives Zuhören« genannt.
Hintergrund: Selbstdarstellungslust und Imagepflege auf Arbeitgeberseite.
Hinweise: Hören Sie aufmerksam zu, unterbrechen Sie nicht leichtfertig, fragen Sie nach, und eröffnen Sie Ihrem Gegenüber auf diese Weise neue Selbstdarstellungsfelder. So sammeln Sie Sympathiepunkte!

8. Arbeits- und Vertragskonditionen

Dieser Abschnitt umfaßt die Besprechung verschiedener Aspekte, die sowohl Rahmen- als auch inhaltliche Bedingungen des Arbeitsplatzes betreffen, z.B. Aufgabengebiet, Arbeitszeit, Probezeit, Kündigungsfristen, Kompetenzen und Vollmachten, Urlaubsregelung, Bezahlung, sonstige Abmachungen wie z.B. Altersversorgung, Umzugskosten etc.
Detailliert verhandelt werden diese Aspekte erst, wenn man in die engere Wahl gekommen ist. (Siehe auch S. 98).

9. Fragen des Bewerbers

An den intelligenten Fragen erkennt man den motivierten und kompetenten Bewerber. Sollten Sie allerdings mit Fragen auffallen, die Sie eigentlich im Vorfeld hätten klären können oder durch aufmerksames Zuhören an einer anderen Stelle des Gesprächs längst hätten speichern müssen, erzielen Sie einen negativen Effekt.
Wer zuerst nach Pausenregelung und Urlaub fragt, ist für sein »Schlappi«-Image selbst verantwortlich.
Sinnvolle Fragen können sich auf folgende Aspekte beziehen:
- Aufgabengebiet
- Zuständigkeit
- Verantwortung
- Kooperationspartner
- Bezahlung etc.

10. Abschluß des Gespräches und Verabschiedung

Zum Schluß geht es um den angenehmen Abgang, auch um Imagepflege des Arbeitgebers. Man wird sich bei Ihnen für den Besuch, die Bewerbung und das Interesse an der Firma/Institution bedanken. Wichtig: Eine Klärung, wie es weitergeht, wer wann voraussichtlich zu welcher Entscheidung und damit zur erneuten Kontaktaufnahme gelangt.

Zusammengefaßt hier die wichtigsten zehn Fragen:

1. Erzählen Sie uns etwas über sich.
2. Warum bewerben Sie sich für diese Aufgabe?
3. Warum sind Sie die/der richtige Kanditat/in?
4. Was erwarten Sie für sich/von uns/dem Job?
5. Was sind Ihre Stärken/Schwächen?
6. Worauf sind Sie stolz, was sind Ihre Erfolge/Mißerfolge?
7. Was möchten Sie in 3/5/10 Jahren erreicht haben?
8. Warum haben Sie diesen Beruf gewählt?
9. Wo liegen Ihre Arbeitsschwerpunkte?
10. Wie verbringen Sie Ihre Freizeit?

Und dann noch die Frage:
Welche Fragen haben Sie denn an uns?

Fragen an Azubis

Nachfolgend das modifizierte Ablaufschema für Vorstellungsgespräche mit Lehrstellensuchern:

1. Begrüßung und Einleitung des Gesprächs s.o.

2. Bewerbung und Berufswahl
Ergründung von Motivation, Interesse und Informationsstand zum gewünschten Beruf durch Fragen wie:

- Warum bewerben Sie sich für den Beruf der/des/die Ausbildung für ...? (Die wichtigste Frage im ganzen Gespräch!)
- Wie sind Sie darauf gekommen, und seit wann interessieren Sie sich für diesen Beruf?
- Welche Vor- und Nachteile sehen Sie an diesem Beruf?

3. Schule, Ausbildung und bisherige Tätigkeiten
(Interessen, Neigungen – Zusammenhang mit Berufswahl)

- In welchen Schulfächern haben Sie gute und in welchen schlechte Noten und warum?

– Wie sind Sie mit Lehrern und Mitschülern ausgekommen?
– Bisherige praktische Erfahrungen

4. Persönlicher, familiärer und sozialer Hintergrund
(Testen des sozialen Umfeldes, etwa nach dem Motto: »Zeige mir deine Familie und Freunde, und ich sage dir, wer du bist!«)
– Fragen nach Beruf und Arbeitgeber der Eltern, Geschwister und sogar der Freunde, bis hin zu tiefgehenden Einbrüchen in die Intimsphäre (»Seit wann sind denn Ihre Eltern geschieden? – Welche Rolle spielt Alkohol in der Familie?«) Fragen nach Lektüre (Welche Tageszeitung? Welche Bücher?)
– Haben Sie einen Freund/eine Freundin? Wollen Sie heiraten?
Achtung: In dieser Fragerubrik werden die meisten aus arbeitsrechtlicher Sicht unzulässigen Fragen gestellt.

5. Gesundheit
(Evtl. gesundheitliche Einschränkungen der Leistungsfähigkeit und Einsatzmöglichkeiten, Allergien s.o.)

6. Spezielle Test- und Prüfungsfragen
(Informiertheit, allgemeines und berufsbezogenes Wissen, evtl. unzulässige Erkundung der politischen Meinung)
– Welche tagespolitischen Ereignisse beschäftigen Sie?
– Wie könnte man die Arbeitslosikeit abbauen?
– Wie stehen Sie zum Problem der Atomenergie?
– Fragestellungen aus dem künftigen Arbeitsgebiet (z.B. als Bankkaufmann: Was machen Sie, wenn ein Kunde ein Konto eröffnen will?)

7. Information für den Bewerber
die der Interviewer über Firma/Institution, Beruf und Ausbildung gibt (Überprüfung von Interesse und Aufmerksamkeit/Imagepflege – Achtung: manchmal auch als selbstgestrickter Merkfähigkeitstest, die gegebenen Infos werden zu einem späteren Zeitpunkt des Vorstellungsgesprächs abgefragt).

8. Fragen des Bewerbers
(s.o., dient der Überprüfung des aktiven Interesses des Bewerbers – fragen Sie bloß nicht zuerst nach dem Urlaub!)

9. Abschluß des Gesprächs und Verabschiedung (s.o.)

Fragen an Arbeitslose

Sollten Sie sich aus der schwierigen Situation der Arbeitslosigkeit heraus bewerben, erwarten Sie einige besondere Fragen, u.a.:

Frage: **Wie kam es zu der Arbeitslosigkeit?**
Hintergrund: Welche Verantwortung tragen Sie für Ihre Arbeitslosigkeit? Haben Sie mehr oder weniger daran schuld? Was ist mit Ihnen los?
Hinweise: Bleiben Sie bei diesen Fragen gelassen, auch wenn es schwerfällt. Seien Sie auf Fragen dieser Art vorbereitet, und überzeugen Sie durch eine glaubwürdig und plausibel klingende Argumentation.

Frage: **Wie lange dauert diese Arbeitslosigkeit bereits an? Wie oft haben Sie sich schon erfolglos beworben?**
Hintergrund: Schwachstellen finden; Mißtrauen.
Hinweise: Siehe vorherige Frage/Hinweise. Einerseits gilt es zu zeigen, daß Sie sich aktiv um einen neuen Arbeitsplatz bemüht haben, andererseits sind 100 Ablehnungen keine Empfehlung. Finden Sie das für Sie und Ihren Interviewpartner richtige Maß – etwa auch so: einige Bewerbungen laufen noch, die Ergebnisse stehen noch aus.

Frage: **Was haben Sie zwischenzeitlich gemacht?**
Hintergrund: Was für ein Mensch sind Sie (aktiv/ruhig)? Haben sie etwas unternommen (Bewerbungen) und/oder sich fortgebildet?
Hinweise: Wer von langem Ausschlafen, Urlaub und Wohnungsrenovierung erzählt, hat keine Chancen. Berichte von Aushilfsjobs bis Schwarzarbeit werden je nach Gesprächspartner und Temperament Ihr Image und damit Ihre Chancen für den Arbeitplatz beeinflussen. Berichte über Fortbildungsmaßnahmen kommen auf jeden Fall gut an (z.B. Volkshochschulkurse).

Frage: **Sind Sie förderungsberechtigt durch das Arbeitsamt?**
Hintergrund: Zahlt das Arbeitsamt dem Arbeitgeber Geld für Sie? Lohnt sich für den Arbeitgeber das »Experiment«, Sie einzustellen?
Hinweise: Informieren Sie sich beim Arbeitsamt.

Frage: **Trauen Sie sich die Aufgabe wirklich zu?**
Hintergrund: Wie ist Ihr Selbstwertgefühl, Ihr Selbstbewußtsein trotz Ihrer schwierigen Situation?

Hinweise: Verdeutlichen Sie, warum Sie sich die gestellten Aufgaben zutrauen können, ohne überheblich zu wirken. Bleiben Sie, obwohl es Ihnen sicherlich schwerfällt, (wenigstens) äußerlich ruhig und gelassen (und natürlich höflich).

Zusammenfassend: Ein Vorstellungsgespräch aus der Arbeitslosigkeit heraus erfordert eine ganz besonders gute Vorbereitung.

Fragen an Frauen

Ganz deutlich stehen die Themen Motivation, Kompetenz und Persönlichkeit im Vordergrund. Die entsprechenden Fragen haben wir Ihnen ja bereits vorgestellt. Was wollen, was können Sie, und trauen Sie sich diese Aufgabe wirklich zu, sind der möglicherweise skeptische Tenor, der hier vorherrscht. Warum sollten wir uns gerade für Sie entscheiden – ist die Frage, die nochmals Gelegenheit gibt, Ihre überzeugende Argumentation vorzutragen. Spätestens mit der Frage:
Was sagt denn Ihre Familie (Partner/Kinder) dazu?

wird sicherlich die spezifische »Frauenfragerunde« eingeläutet. (Hören Sie schon diesen sehr schwer zu beschreibenden Unterton in dem Fragesatz?)

Frage: **Erzählen Sie etwas über Ihre aktuelle Lebenssituation. Wie sind Ihre Kinder versorgt, während Sie arbeiten? Wie sieht Ihre Familienplanung aus?**
Bleiben Sie cool – lassen Sie sich nicht provozieren –, denn das ist es auch, was man unter anderem will: Sie so richtig hysterisch ausflippen sehen. Da Sie dies aber längst durchschaut haben und über eine ungeheure Sozialkompetenz verfügen, bewältigen Sie diesen Teil des Frage-Antwortspiels mit Selbstbewußtsein.

Frage: **Wollen Sie sich wirklich beruflich engagieren, oder ...?**
Sagen Sie einfach ganz sachlich, wie es ist: Sie wollen vorankommen, sich im Beruf verwirklichen und Geld verdienen, so wie die Männer auch.

Frage: **Welche Konflikte zwischen Mitarbeiterinnen und Mitarbeitern (KollegInnen/KundInnen etc.) können Sie sich vorstellen? Wenn ja, warum?**

Der alte Geschlechterkonflikt. Man möchte erfahren, ob Sie sich gut in ein Arbeitsklima einfügen können. Auch ist Ihre Position zum Thema Gleichberechtigung hieran ablesbar.

Besonders Frauen werden im Vorstellungsgespräch häufig mit unzulässigen Fragen konfrontiert. Schwangerschaft, Partnerbeziehung und Familienleben gehen den Arbeitgeber nichts an! (siehe dazu S. 84)

Fragen an Führungskräfte

Frage: **Was bedeutet Mitarbeiterführung?**
Wie definieren Sie die Hauptaufgaben einer Führungskraft? Welchen Führungsstil bevorzugen Sie?
Hintergrund: Haben Sie sich mit diesen Begriffen und der dazu geführten aktuellen Diskussion auseinandergesetzt? Wie ist Ihr Standpunkt, wie sieht Ihre persönliche Philosophie aus?
Hinweise: Zeigen Sie Kompetenz durch fundiertes Hintergrundwissen, das Sie prägnant in ein bis zwei Minuten zum Ausdruck bringen können.

Frage: **Was schätzen Sie: Wie lange brauchen Sie zur Einarbeitung in Ihr neues Arbeitsgebiet bei uns? Auf welchem Gebiet haben Sie noch größere Defizite, und was gedenken Sie dagegen zu tun?**
Hintergrund: Wie realistisch ist Ihre Selbsteinschätzung, und wie gehen Sie mit kritischen Fragen zu Ihrer Person um?
Hinweise: Bei der ersten Frage wären Ihrerseits Hinweise auf eine erwartete Unterstützung und Kooperation durch den Arbeitgeber angemessen, auf die Sie in der ersten Zeit angewiesen sind. Natürlich haben Sie Defizite, die Sie wahrscheinlich nicht ganz überblicken und doch dank der betrieblichen Unterstützung sowie mit Hilfe Ihrer Fortbildungsbereitschaft schnell beheben können. Empfehlung: Nicht kränken oder provozieren lassen, im Prinzip zustimmen und Mao zitieren: Handeln heißt lernen. Also lebenslängliche Lernbereitschaft signalisieren.

Frage: **Was sind Ihre ganz persönlichen Lebensziele? Was möchten Sie persönlich für sich in naher/ferner Zukunft erreichen?**
Hintergrund: Lebensplanung und Zielsetzungen beruflicher wie privater Art gehören zum Idealbild der »guten« Führungskraft.
Hinweise: Lernen, Leistung, Vorwärtskommen. Haben Sie ein Gespür dafür,

was man hier wohl von Ihnen hören will. Achtung: Es geht primär um Berufliches – vermeiden Sie private Offenbarungen.

Frage: **Zurück in die Gegenwart: Welche Eigenschaften sollte Ihr potentieller Nachfolger für Ihren alten Arbeitsplatz haben? Ganz allgemein: Welche Eigenschaften sollte Ihr Stellvertreter haben?**
Hintergrund: Erneute (versteckte) Aufforderung zur Selbstcharakterisierung und Aufdeckung der Konflikte am jetzigen, alten Arbeitsplatz.
Hinweise: Verplauschen Sie sich nicht bei diesem Versuch, Konflikthintergründe an Ihrem aktuellen Arbeitsplatz zu erhellen. Die zweite Frage zielt noch einmal auf Ihre persönlichen Qualitäten, aber auch auf eventuelle Schwächen.

Frage: **Was zeichnet Ihrer Meinung nach eine gute Führungskraft aus? Was einen guten Vorgesetzten? Was einen guten Mitarbeiter? (Anschließend diese drei Fragen mit umgekehrtem Vorzeichen – »schlechte Führungskraft« usw.)**
Was schätzen Sie an Ihren Arbeitskollegen/Vorgesetzten – was nicht? Worin unterscheiden Sie sich Ihrer Meinung nach von Ihrem jetzigen Vorgesetzten?
Hintergrund: Haben Sie ein idealtypisches Anforderungsprofil – auch für Ihre eigene Person? Wissen Sie, worauf es ankommt? Wiederum: Wie gehen Sie mit schwierigen Fragen um?
Hinweise: Besonders heikel ist die letzte Frage. Der Unterschied liegt in der Position (Gehalt und Verantwortung). Zeigen Sie Wertschätzung für Ihren Vorgesetzten, machen Sie aber auch ggf. deutlich, daß Sie in bestimmten Situationen anders entschieden hätten. Zeigen Sie Respekt und die richtige Mischung aus Selbstbewußtsein und Loyalität.
Im Vordergrund des Auswahlgesprächs mit Führungskräften steht ganz besonders deren Persönlichkeit. Hier wird noch um einiges mehr der (vermeintliche) *Small talk* regieren. Nichts desto trotz geht es auch bei dieser Personengruppe um die großen zehn Themen. Mehr dazu finden Führungskräfte in unseren speziellen Bewerbungsstrategieratgebern (s. Hinweise am Buchende).

Gesprächsführung – Frage- und Antworttechniken

Wie das Vorstellungsgespräch verläuft, können Sie wesentlich mitgestalten. Dazu haben wir Ihnen einige bewährte Verhaltensregeln zusammengestellt:

- Zunächst sollte geklärt werden, wieviel Zeit für das Vorstellungsgespräch vorgesehen ist. Ob Sie 20 Minuten oder zwei Stunden Zeit für Ihren »Auftritt« haben, macht einen wesentlichen Unterschied in der Gestaltung, in Ihrer »Inszenierung«.
- Generell gilt: Führen Sie das Gespräch defensiv, Sie sind der Bewerber, der die Fragen zu beantworten hat, versuchen Sie besser nicht, die Rollen umzukehren und z.B. immer wieder mit Gegenfragen zu kontern.
- Seien Sie gut vorbereitet.
- Hören Sie gut zu, und erkennen Sie den Fragehintergrund, die zugrundeliegende Intention.
- Fragen Sie ggf. nach, ob Sie die Frage richtig verstanden haben (Sie gewinnen dadurch Zeit und wissen besser, »wohin der Hase läuft«).
- Nehmen Sie sich Zeit zum Überlegen, damit Ihre Antwort Ihr Ziel (Ihre gewünschte Selbstdarstellung) erreicht.
- Antworten Sie überzeugend und relativ knapp, aber gut formuliert. Es sei denn, man fordert Sie durch die Formulierung einer offenen Frage wie »Wir wollen Sie gerne kennenlernen, erzählen Sie uns bitte etwas über sich« direkt zu etwas Ausführlichkeit auf.
- Offene Fragen (»Was ist wichtig in Ihrem Leben?«) sind immer in bezug auf den angestrebten Arbeitsplatz und seine Aufgaben zu beantworten.
- Bleiben Sie stets höflich und freundlich, interessiert und kooperativ.

Umgang mit unangenehmen Fragen

Welche Fragen fürchten Sie im Vorstellungsgespräch? Machen Sie sich vorab eine Liste unangenehmer Fragen, und versuchen Sie sich – mit einem Seitenblick auf die oben genannten Kriterien – Antwortmöglichkeiten zurechtzulegen.
Reagieren Sie z.B. sehr zurückhaltend auf die Frage »Was spricht gegen Sie als Kandidat für diese Aufgabe?«. Streichen Sie an dieser Stelle eher noch einmal heraus, was für Sie spricht und bieten Sie nach wohlkalkuliertem Zögern ein, maximal zwei Punkte an, die aber nicht wirklich gegen Sie sprechen. Diese sollten Sie sich optimalerweise vorher überlegt haben. So machen Sie in einer derartigen kritischen Situation den bestmöglichen Eindruck.
Im Grunde genommen geht es bei dieser Fragetechnik, in der auch »Katastrophenszenarien« beschrieben werden, immer darum, zu sehen, ob und wie Sie Gelassenheit bewahren und mit solchen Themen, Bemerkungen und Feststel-

lungen umgehen können. Sie könnten solchen Überprüfungfragen wie »Was würden Sie sagen, wenn wir Ihnen den Arbeitsplatz nicht anbieten, weil ...« geschickt den Wind aus den Segeln nehmen, indem Sie folgendermaßen reagieren: »Darauf würde ich Ihnen antworten, daß ich Ihr Argument einerseits verstehe, andererseits aber doch anführen oder bemerken möchte, daß ...«.
Wirkliche Einwände gegen Ihre Person wird man nie in einem Vorstellungsgespräch diskutieren. Deshalb sollten Sie an diesem Punkt nicht verzagen, sondern Ihre Chancen nutzen, weil Sie nun ja wissen, worauf es dem Interviewer mit dieser Technik ankommt.

Richtige »Streß-Interviews« findet man meist nur bei Bewerbungsgesprächen für leitende Positionen, Lehrstellensucher bleiben davon verschont. Jedoch auch Hochschulabsolventen und Umsteiger im mittleren Managementbereich sollten die Möglichkeit eines Streß-Interviews einkalkulieren und wissen, wie man in so einer Situation angemessen reagiert. In einer Art Kreuzverhör werden Sie mit einer Reihe von unangenehmen und unerwarteten Fragen in die Ecke getrieben und stark verunsichert. Dies ist nicht sonderlich schwer, da jedes Vorstellungsgespräch mehr oder weniger ausgeprägt für den Bewerber Ängste und Verunsicherung mit sich bringt.

Wie reagieren Sie darauf? Bloß nicht zu heftig. Bleiben Sie gelassen, und warten Sie ab. Versuchen Sie, alle Fragen so knapp wie möglich zu beantworten, und stehen Sie auch unangenehme Schweigeminuten durch, schweigen Sie mit. Dazu ein paar kleine Beispiele:

Interviewer: Finden Sie nicht eigentlich auch, daß Sie für diese Position viel zu alt und verbraucht/zu jung und zu unerfahren sind?

Ihre Antwort: Nein, da bin ich anderer Meinung (und abwarten, nur nicht aus Verunsicherung und Verzweiflung anfangen zu monologisieren).

Interviewer: »Eigentlich sitzen mir hier auf diesem Platz nur Leute gegenüber, die wirklich exzellente Leistungen aufzuweisen haben. Sie können in dieser Hinsicht nicht viel vorweisen. Sicherlich haben Sie andere Qualitäten, sonst hätten Sie sich ja wohl nicht bei uns beworben? Nun, die Zeit ist knapp, am besten Sie berichten mir etwas über sich. Ich werde Sie nicht unterbrechen.«

Auf so eine breitangelegte Frage kann man sich vorbereiten. Sie sollten immer in der Lage sein, 5 bis 10 Minuten den »Alleinunterhalter« zu spielen und dabei nicht zu langweilen. Das sind Sie sich einfach schuldig. Aber erwarten Sie bitte nicht ein interessiertes, begeistertes Gesicht von Ihrem Gegenüber. Der wird sich alle Mühe geben, furchtbar gelangweilt dreinzuschauen. Ein Streß-Interview eben!

Neben der gezielten Form, jemanden durch provokative und beleidigende Fragen zu kränken und aus der Reserve zu locken, gibt es auch die Interview-

Möglichkeit, den Bewerber durch extreme Passivität auflaufen zu lassen. Lange Schweigepausen des Interviewers oder eine abwartende, desinteressierte Haltung sollen Sie dazu bringen, viel zu reden, von sich zu erzählen und etwas preiszugeben. Ihr Verhalten in einer Schweigesituation wird damit getestet.

Halten Sie durch. Zeigen Sie, daß Sie sich abgrenzen können, verweigern Sie sich, weisen Sie Intimfragen zurück. Denn lassen Sie alles mit sich machen, bekommen Sie auch keine Pluspunkte auf Ihrem Profil-Konto.

Wenn Sie sich aber von vornherein darüber im Klaren sind, daß diese Fragen nur der Provokation dienen, verletzen sollen, um Sie zum Äußersten zu bringen, dann können Sie entsprechend gelassen, ruhig und defensiv reagieren. Sollten Sie das zu sehr übertreiben, also zu cool bleiben, wird es natürlich noch stärkere Provokationen seitens des Interviewers geben.

Ausführliche Informationen finden Sie in unseren Büchern Bewerbungsstrategien für Hochschulabsolventen und Bewerbungsstrategien für Führungskräfte (s. Hinweise am Buchende).

Einzel- oder Gruppengespräch

Bei dem klassischen Vorstellungsgespräch stellt man sich in der Regel ein Unter-Vier-Augen-Gespräch vor: Personalchef oder nächster Vorgesetzter und Bewerber sitzen sich gegenüber.

Möglich sind aber auch andere Konstellationen: Der einzelne Bewerber sitzt zwei oder mehreren Personen gegenüber – einem Auswahlgremium (bei Führungskräften z.B. der Firmeninhaber und ein leitender Angestellter, Personalberater, Personalchef und Abteilungsleiter, mehrere Personalreferenten und Betriebspsychologen, Betriebsratsmitglieder bis hin zu zukünftigen Kollegen und Mitarbeitern).

Ist es in der Bewerbungssituation vielleicht gerade noch erträglich, zwei Interviewern gegenüberzusitzen, wird es – wenn man mit einem Vierer- oder Mehrpersonengremium konfrontiert ist – schnell ungemütlich.

Möglicherweise fällt Ihnen z.B. auf, daß bei einem aus drei Personen bestehenden Auswahlgremium ein Gesprächspartner Sie besonders freundlich behandelt, ein weiterer »böse« ist und der dritte Sie ständig neugierig beobachtet, sich Notizen macht und ansonsten schweigt. Diese Rollenverteilung ist kein Zufall. Sie ist sorgfältig vorbereitet und abgesprochen. Hier will man Ihnen ganz besonders »auf den Zahn fühlen«. Bleiben Sie trotzdem ruhig und gelassen, und versuchen Sie, möglichst zu allen – aber besonders zu dem

freundlichen Gesprächspartner – einen guten Kontakt aufzubauen (Blickkontakt, namentlich ansprechen, lächeln).
Schwierig wird es, wenn Sie als einzelner mit mehr als fünf Personen konfrontiert sind. Glauben Sie uns: 10-20 Personen als glotzende, fragende und zuhörende Meute sind nicht so selten, wie man es sich wünscht. Im psychosozialen Bereich beispielsweise hat häufig das gesamte Team ein Wörtchen mitzureden …
Möglich – obwohl zunehmend seltener praktiziert – ist auch eine Konstellation, bei der mehrere Bewerber einem Auswahlgremium gegenübersitzen. Das können z.B. drei Bewerber sein, die drei Interviewer vor sich haben, es können aber auch zehn und mehr Bewerber, gegenüber fünf oder sechs Auswählern sein (z.B. Assessment-Center, s. S. 92 ff).
Wie Sie im einzelnen mit den Fragen im Vorstellungsgespräch umgehen, wie Ihr Antwortverhalten sein sollte, haben Sie bereits ausführlich im vorhergehenden Kapitel erfahren.
Sollten Sie das »Pech« haben, in einer größeren Bewerbergruppe antreten zu müssen, bietet Ihnen das u.U. den Vorteil, von der Präsentationstechnik Ihrer Mitbewerber zu profitieren. In der Regel beginnt so ein Gruppengespräch mit der freundlichen Bitte, jeder möge sich zunächst kurz vorstellen. Manchmal wird daran eine zusätzliche Aufforderung geknüpft (z.B.: »Stellen Sie sich bitte kurz vor, und erzählen Sie uns, warum Sie sich hier beworben haben!«).
Hintergrund dieser Vorstellungsrunde in der Gruppe ist der Wunsch, die Bewerber direkt miteinander zu vergleichen, sie in eine gewisse Konkurrenzsituation zu versetzen, um dadurch besondere Informationen über den einzelnen herauszubekommen. Im wesentlichen geht es bei dieser Art Vorstellung um das Sozialverhalten, die soziale Kompetenz. Den Auswählern liegt daran, die soziale Interaktion, das Miteinander-Umgehen der Bewerber, zu beobachten. Hieraus werden verschiedene Rückschlüsse gezogen, z.B. auf Teamfähigkeit, Durchsetzungsvermögen, Anpassungsbereitschaft usw.
Ein anderes Motiv auf der Arbeitgeberseite ist die Ökonomie: aus einer Gruppe werden relativ schnell die Wunschkandidaten (drei bis fünf) »herausgesiebt«. Kein schöner Umgang, aber in den Gehaltsklassen zwischen 60 – 120.000 DM Jahreseinkommen häufiger anzutreffen.
Insbesondere bei Vorstellungsgesprächen im Rahmen eines firmen- bzw. institutionsinternen Aufstiegsverfahrens werden diese Art Gruppenauswahlgespräche regelmäßig angewandt.

Notlügen aus Notwehr – rechtliche Probleme

So wie der Gesetzgeber den Begriff der Notwehr kennt, existiert für das Bundesarbeitsgericht der Sachverhalt der Notlüge. Darunter ist zu verstehen, daß bestimmte Fragen im Vorstellungsgespräch, z.B. nach der Zugehörigkeit zu einer politischen Partei, nicht wahrheitsgemäß beantwortet werden müssen, wenn der Bewerber davon ausgehen kann, daß von einer bestimmten Antwort die Vergabe des Arbeitsplatzes abhängt.

Vorausgeschickt werden muß: Bestimmte Fragen und Themen dürfen im Bewerbungsverfahren gar nicht erst behandelt werden. Es sind grundsätzlich nur solche Fragen erlaubt, die »arbeitsbezogen« sind, d.h. mit dem zu besetzenden Arbeitsplatz in direktem Zusammenhang stehen.

Unzulässig ist die Ausforschung der politischen Meinung ebenso wie Fragen nach (auch früherem!) gewerkschaftlichem Engagement oder Privatplänen in puncto Heiraten, Familienplanung, Freizeitgestaltung und Hobbys. Frühere Krankheiten und die Frage nach einer Schwangerschaft sollten genauso tabu sein, wie die Frage nach den Berufen von Eltern, Geschwistern und manchmal auch noch Freunden sowie den privaten Vermögensverhältnissen (evtl. Schulden).

»Verboten sind außerdem Fragen nach Vorstrafen, soweit ganz allgemein gefragt wird, also nicht nur nach solchen Vorstrafen, die einschlägig sind, unzulässig ist dann konsequenterweise auch das Verlangen, ein polizeiliches Führungszeugnis vorzulegen, unzulässig sind schließlich Fragen nach laufenden Ermittlungsverfahren. Unzulässig ist auch die Frage nach der früheren Arbeitsvergütung (sie wird u.U. dazu mißbraucht, Lohnansprüche des Bewerbers zu dämpfen); zulässig ist diese Frage jedoch dann, wenn sich daraus für die konkret in Aussicht gestellte Tätigkeit Folgerungen ziehen lassen, z.B. wenn die Höhe der Vergütung Rückschlüsse auf die mit der früheren Tätigkeit verbundene Verantwortung ermöglicht und die angestrebte Position ebenfalls besonders verantwortliche Aufgaben mit sich bringt.«

»Beantwortet der Bewerber eine unzulässige Frage unehrlich, so hat dies für die Wirksamkeit des Arbeitsvertrages keinerlei nachteilige Folgen. Dies ist zwangsläufig die Konsequenz des eingeschränkten Fragerechts des Arbeitgebers. Denn das Recht, die Antwort bloß zu verweigern, würde dem Bewerber nichts nützen: hier wäre keine Antwort auch eine Antwort. Lassen sich Tatsachen, die der Bewerber nicht anzugeben braucht, aus dem Lebenslauf erschließen, so darf der Bewerber den Lebenslauf insoweit ›normalisieren‹«. (E. Stevens-Bartol. Bewerbung, Einstellung, Vertragsschluß. München 1990, S.18 f.).

Natürlich gibt es wie bei jeder Regel auch Ausnahmen: Wenn z.B. jemand für die katholische Kirche arbeiten will, ist die Frage des Arbeitgebers Kirche nach der Religionszugehörigkeit durchaus zulässig. Dies gilt natürlich auch für die Frage nach früheren Krankheiten bei Piloten oder Zugführern.

In der Alltagsbewerbungssituation verhält es sich aber leider so, daß nahezu jeder Arbeitgeber unzulässige Fragen an die Bewerber stellt. Durch seinen Eingriff in die per Grundgesetz geschützte Privatsphäre der Arbeitssuchenden löst er bei diesem einen nicht zu unterschätzenden Gewissenskonflikt aus, dem mit dem Notwehrrecht, dem Recht auf Lüge, Rechnung getragen wird.

Gruppendiskussion

Die Gruppendiskussion könnte man als eine Sonderform des Gruppenvorstellungsgesprächs bezeichnen. Aufgabe ist es, ein vom Auswahlgremium vorgegebenes oder frei zu wählendes Thema zu diskutieren.
Es handelt sich hierbei um eine mündliche Testsituation, oft im Rahmen eines Assessment-Centers (s. S. 92). Dabei wird nicht nur das sprachliche Ausdrucksvermögen überprüft. Mindestens genauso wichtig ist Ihr Sozialverhalten gegenüber den Gruppenmitgliedern. Falls es einen klaren Bezug zum Arbeitsplatz bzw. zum Berufsumfeld gibt, spielt möglicherweise sogar Ihr inhaltlicher Standpunkt zum diskutierten Thema eine gewisse Rolle.
Was sind die generellen Beobachtungs- und Beurteilungskriterien bei Gruppendiskussionen? Was wird protokolliert bzw. auf speziellen Checklisten festgehalten und bewertet?
Hier eine Übersicht:

Allgemeines Auftreten
- äußeres Erscheinungsbild
- Umgangsformen

Verhalten in der Gruppe
- sprachliches Ausdrucksvermögen
- Sachbezogenheit
- Einfallsreichtum
- Analysefähigkeit
- Auffassungsgabe
- Aufnahmebereitschaft
- Engagement
- Aufgeschlossenheit
- aktives und passives Zuhören
- emotionale Stabilität
- deutlich ausgeprägte Dominanz- oder Unterordnungsbereitschaft
- Teamgeist/Kooperationsfähigkeit und -bereitschaft

Nun noch einige Stichworte in Form eines kleinen Leitfadens zum allgemeinen Verhalten in Gruppendiskussionen und zur Rolle des Diskussionsleiters, den häufig jeder aus der Gruppe für eine bestimmte Zeit spielen muß.

Verhaltenstips

Äußeres/Auftreten
- ausgeruht und gelassen wirken
- gepflegte Erscheinung
- sich freundlich, höflich, natürlich und ungezwungen geben
- weder innere noch äußere Verkrampfung zeigen

Allgemeinverhalten
- freundlich, verständnisvoll, einfühlsam, hilfsbereit, rücksichtsvoll
- kompromißbereit
- andere ernst nehmen
- zuhören können
- Sympathie zeigen

Allgemeines Diskussionsverhalten
- sicher auftreten, Meinung vertreten, selbstsicher geben (nur bedingt nachgiebig gegenüber Einwänden, aber: Aufgeschlossenheit zeigen, keinen Starrsinn)
- Anwesende mit Namen ansprechen
- keine abwegigen Bemerkungen oder Fragen
- keine Monologe, knappe und präzise Beiträge
- oberflächliche oder fehlerhafte Argumentation reflektieren
- auf andere eingehen, eigene Interessen zurückstellen können

Sprachverhalten
- knapp, präzise (keine Ausschweifungen, Nebensächlichkeiten)
- keine Superlative
- möglichst kein Räuspern, keine »Ähs«
- Vermeidung von Füllwörtern (sicherlich, letztlich, gewissermaßen etc.)
- deutliche Aussprache, mittlere Lautstärke, in die Runde schauen, Gesprächspartner ansehen

Achtung: Primär geht es hier um Ihre Kommunikationsfähigkeit und Ihr Sozialverhalten, Ihre Kompetenz im Umgang mit anderen – also in Sachen »human relations«. Erst in zweiter Linie ist das Thema und Ihre inhaltliche Argumentation interessant.

Körpersprache

Manche Personalbeurteiler glauben ganz besonders an die Aussagekraft der Körpersprache. Dazu die folgende Übersicht:

Körpersignal	Bedeutung
Blickverhalten	
Augen betont weit offen	Aufmerksamkeit, Aufnahmebereitschaft, Sympathie, Weltoffenheit, Flirtverhalten
Augen wenig offen	Konzentration, Entschlossenheit, Eigensinn, Kleinlichkeit, überkritische Haltung
zugekniffene Augen	Abwehr, Unlust
gerader Blick	Offenheit, Gewissensreinheit, Vertrauen
schräger Blick	abschätzende Zurückhaltung
häufiger Blickkontakt	Sympathie
häufiges Wegsehen	mangelnde Sympathie oder Verlegenheit
auffällig häufiger Lidschlag	Unsicherheit, Befangenheit, u.U. nervöse Störung
Mimik	
offenes Lächeln	offene Heiterkeit, uneingeschränkte Mitfreude
gequältes Lächeln	ironisch, schadenfroh, blasiert, ängstlich
überwiegend geöffneter Mund	Mangel an Selbstkontrolle
zusammengepreßter Mund	Zurückhaltung, Reserviertheit, Verkniffenheit, Kontaktarmut
Mundwinkel nach unten	Bitterkeit, Pessimist, depressiv
Mundwinkel nach oben	Aktivität bis Abwehr
Heben der Augenbrauen	Ungläubigkeit oder Arroganz
Gesten	
übertrieben kräftiger Händedruck (»Knochenbrecher«)	Rücksichtslosigkeit, Angeberei
kräftiger Händedruck ohne Übertreibung	Aufrichtigkeit, Sicherheit
schlaffer Händedruck (»tote Hasenpfote«)	Unsicherheit, kontaktarm, leicht beeinflußbar
Hand wegziehend	Verschlossenheit
verschränkte Arme	
– bei Männern	Ablehnung, Verschlossenheit
– bei Frauen	Selbstschutz, Angst
Hand vor den Mund halten	
– während des Sprechens	Unsicherheit
– nach dem Sprechen	will das Gesagte zurücknehmen

Sprecher hält Armlehnen mit beiden Händen fest	Aggressivität, aber etwas unsicher, neigt zur Weitschweifigkeit
Kopf auf Hände stützen	Nachdenklichkeit, Erschöpfung, Langeweile
Spitzdach mit den Händen formen	Arroganz, Abwehr gegen Einwände
Hände reiben	selbstgefällig, selbstzufrieden
spielende Hände	Zeichen von Erregung, Nervosität, Befangenheit, Angst, Verwirrung
mit dem Finger auf den Gesprächspartner zeigen	Angriff, Wut
Hand zur Faust ballen	Wut, verhaltener Zorn
Anfassen der Nase	Nachdenklichkeit, kritische Haltung, Verlegenheit
über den Hinterkopf streichen, Zupfen an den Ohren	Verlegenheit, Unbehagen, Ärger
Streichen des Kinns	Nachdenklichkeit, Zufriedenheit
Finger zum Mund nehmen	verlegen, unsicher
mit den Fingern trommeln	Nervosität, Ungeduld
häufiges Spielen mit dem Ring	Eheprobleme, frustriert vom häuslichen Leben
häufiges Abnehmen der Brille	Ablehnung, Angriff, Nervosität

Körperhaltung

Achselzucken, die Handflächen nach außen	Hilflosigkeit
übereinandergeschlagene Beine	
– zum Gesprächspartner hin	Aufbau eines Sympathiefeldes
– vom Gesprächspartner weg	Ablehnung, Unwillen
übergeschlagene Beine, Knie in die Hand gestützt	kritisch, skeptisch
dicht aneinandergestellte Füße beim Sitzen	schuldhafte Ängstlichkeit, Einzelgänger, überkorrekte Grundeinstellung
breit auseinanderklaffende Beine beim Sitzen	sorglose Unbekümmertheit, Rücksichtslosigkeit
alarmbereite Sitzweise (auf Sprung sein)	Mangel an Selbstvertrauen und Sicherheit, auch Mißtrauen, innere Unruhe, Angst
Füße um die Stuhlbeine legen	Unsicherheit, Suche nach Halt
Füße nach hinten nehmen	Ablehnung
mit den Füßen wippen	Arroganz, Ungeduld, Sicherheit, Aggressivität
steife, militärische Körperhaltung, geziert aufrecht	Unterdrückung von Angst
breitbeinig dastehen, Daumen in Achselhöhlen	Selbstsicherheit

den Oberkörper weit nach vorn lehnen	Interesse, Sympathie, Wunsch zu unterbrechen
den Oberkörper weit zurücklehnen	Desinteresse, Ablehnung
Sprechweise	
lautstarke Stimme	Vitalität, Selbstbewußtsein, Kontaktfreude, aber auch Unbeherrschtheit, Geltungsdrang
leise, flüsternde Stimme	Schwäche, mangelndes Selbstbewußtsein, aber auch Sachlichkeit, Bescheidenheit
schnelles Sprechtempo	Impulsivität, Temperament, aber auch ungezügelt, nervös
langsames Sprechtempo	antriebsschwach, aber auch Sachlichkeit, Besonnenheit, Ausgeglichenheit
wechselndes Sprechtempo	innere Unausgeglichenheit
ausgeprägte Pausengestaltung	Disziplin, Selbstbewußtsein
starke Akzentuierung	Lebhaftigkeit, Gefühlsstärke
schwache Akzentuierung	Uninteressiertheit, mangelnde geistige Flexibilität
Geruch	
parfümiert	werbend
überstark parfümiert	unsicher, vernebelnd
Schweißgeruch	ängstlich, unordentlich

Kleidung

Die Kleidung – unsere zweite Haut – ist ein ganz wesentlicher Signalträger und -geber unserer Befindlichkeit. Worin spiegelt sich unser Selbstbild deutlicher als in unserer Kleidung, unserem Outfit?
Verdeutlichen Sie sich, daß Sie nach dem Bewerbungsanschreiben mit Ihrem Erscheinungsbild eine weitere Arbeitsprobe und Visitenkarte abgeben. Vermeiden Sie es möglichst, besser gekleidet zu sein als Ihr Gegenüber, und verzichten Sie auf jede Extravaganz, also auf eine grelle, poppige, übertriebene Maskerade (auch Schminke). Gehen Sie kein unnötiges Risiko ein, machen Sie eine Generalprobe, stimmen Sie sich selbst vor dem Spiegel in Ihre Rolle ein, aber auch in Ihre Ver-Kleidung. Ihr Selbstgefühl wird es Ihnen danken. Gibt es Patentrezepte? Das sicherlich nicht, Aber generell gilt: Heutzutage kleidet man sich für ein Vorstellungsgespräch wieder gediegen, zurückhaltend-vornehm. eher konservativ. Gefragt ist auch bei Damen die schlichte Eleganz. Unsere Empfehlung: Schauen Sie sich doch einfach mal typische

Berufsvertreter in der von Ihnen angestrebten Position an, und orientieren Sie sich für Ihr Vorstellungs-Outfit an deren Kleidung.
Übrigens: Sollten Sie zu einem Vorstellungsgespräch von weit her anreisen müssen, gilt es auch, an Ersatz-Vorzeigekleidung zu denken, falls z.B. im Flugzeug eine Tasse Kaffee auf Ihrem Kostüm/Anzug »landet«. Ersparen Sie sich den Streß, noch in letzter Minute einen Kostümverleih oder eine Schnellreinigung ausfindig machen zu müssen.

Beurteilung und Bewertung: Auf den Punkt gebracht

Zusammenfassend: Worum geht es im Vorstellungsgespräch? Neben der inhaltlichen Beantwortung der Frage in den 10 Phasen stehen sechs Beurteilungskriterien im Mittelpunkt:
- Wie ist die äußere Erscheinung?
- Wie sind Auftreten und Umgangsformen?
- Wie verhält es sich mit der Anpassungs-/Einordnungsbereitschaft?
- Wie hoch ist die intellektuelle Leistungsfähigkeit?
- Wie differenziert ist das sprachliche Ausdrucksvermögen?
- Welches Arbeitsverfahren ist zu erwarten?

Testverfahren
Unheimliche Begegnungen der 3. Art

Egal ob Ein- oder bereits Aufsteiger: Immer mehr Bewerber haben eine unheimliche Begegnung der 3. Art. Ihre »Eignung« wird auf Teufel komm raus getestet. Persönlichkeitstests und Assessment Center, aber auch Eignungs-, Leistungs- und Konzentrationstests gilt es ohne psychischen Schaden zu überstehen.
Vielleicht hatten Sie bereits vor einigen Jahren Gelegenheit, mit dem leidigen Testthema Bekanntschaft zu machen – als es z.B. um Ihren Ausbildungsplatz und/oder um Ihren ersten Arbeitsplatz ging. Wenn nicht, soll Ihnen das folgende Beispiel helfen, sich einen Eindruck zu verschaffen. Ein Bewerber berichtet:

Zu sechst waren wir in einer Höhle eingeschlossen. Das Wasser stieg unaufhaltsam, nur einer von uns konnte gerettet werden. Man gab uns 30 Minuten, um zu entscheiden, wer der Glückliche sein sollte. Als die Gruppe sich schließlich auf den Jüngsten geeinigt hatte, zog ich meine Pistole und erzwang mir den Weg in den Rettungskorb. Der Personalpsychologe beendete mit einer knappen Handbewegung das aus dem Stand von uns abverlangte Rollenspiel.
Mißtrauisch blickten mich meine Mitspieler im Konferenzraum der Colonia-Versicherung an: Ob der im wirklichen Leben auch so brutal ist?
Wir waren Bewerber um eine Ausbildung im Außendienst der Deutschen Ärzteversicherung, die zur Colonia-Versicherung gehört. Schon beim ersten Auswahlgespräch hatte man uns aufgefordert, an einem neuartigen Eignungstest teilzunehmen: dem »Assessment Center«. Das Wort war mir bisher noch nie untergekommen.
Begonnen hatte dieser Testtag mit dem »Gebrauchtwagen-Test«: Jeder mußte anonym aufschreiben, wem aus der Gruppe er am ehesten einen Gebrauchtwagen abkaufen würde. Damit sollte getestet werden, wer besonders vertrauenswürdig wirkt. Aus Taktik stimmte ich für jemanden, den ich eher unsympathisch fand.
Später saß ich einem Mitbewerber gegenüber. Ich sollte herausfinden, ob er schon einmal seine Frau betrogen hatte. Mein Mitbewerber durfte nicht merken, worum es in dem Gespräch ging. Ich plauderte mit ihm über Partys und Alkohol. Nach einer Viertelstunde hob ich den Arm: Ich war mir ganz sicher – er hatte seine Frau noch nie betrogen. Er war übrigens überzeugt, daß ich in unserem Gespräch feststellen wollte, ob er ab und zu mal einen über den Durst trinke.
Mittags gingen wir zum Essen in ein gutes Restaurant. Da saßen wir nun um den Tisch: sechs Bewerber um die 30, ein Personalpsychologe, vier Versicherungsmanager. Drei Gerichte standen zur Auswahl: ein rustikales Steak, eine Geflügelkeule und ein kompliziertes Fischgericht. Ich grübelte: War dieses Essen nun vielleicht auch ein Bestandteil des Tests?
In der Testauswertung am späten Nachmittag zeigten sich die Versicherungsmanager sehr an-

getan von meinem Verhalten bei Tisch: Als einziger hatte ich Fisch gewählt, keine Gräte war mir im Halse stecken geblieben.
Die Prüfer waren beeindruckt von meiner Durchsetzungsfähigkeit und meinem »Biß«: Doch beide Eigenschaften machten sie mir auch zum Vorwurf: Ich hätte es darauf angelegt, mich um jeden Preis durchzusetzen – sie aber suchten jemanden, der auch anpassungsfähig mit Geschäftspartnern umgehen konnte.
Trotzdem bekam ich ein Angebot – unter einer Bedingung: Die Manager wollten mich gerne zu Hause besuchen, um mich in meinem »persönlichen Umfeld« zu erleben. Offensichtlich mochten sie sich auf die Ergebnisse ihres Assessment Centers doch nicht ganz verlassen.
Am Abend griff ich zum Telefon und zog meine Bewerbung zurück. Ich wollte nicht ihr Wolf im Schafspelz sein.

Assessment Center

Die sog. Assessment Center (AC) sind bei der testgesteuerten Personalauslese stark in Mode gekommen. Besonders gerne werden sie bei internen Bewerbern um zukünftige Führungspositionen im Rahmen der Personalentwicklung eingesetzt.
Das AC ist eine Kombination verschiedener Verhaltens- und Arbeitsproben und kann sich über etwa einen halben Tag bis zu mehreren Tagen erstrecken. In der Regel beträgt die Durchführungszeit eines Assessment Centers zwei ganze Tage (selten drei), an denen sechs bis zwölf Teilnehmer zwischen acht und zwölf Übungen bestreiten. Dabei werden die Teilnehmer von drei bis sechs Personen beobachtet. Da Zeit Geld ist, versuchen immer mehr Unternehmen, eine Art Mini-AC innerhalb von wenigen Stunden mit Bewerbern durchzuziehen.

Die einzelnen Aufgabentypen könnte man wie folgt umschreiben:
- Jeder für sich allein
- Jeder gegen jeden
- Einer gegen den anderen
- Einer vor allen anderen

Jeder für sich allein
Zu diesem Aufgabentypen gehören sog. Postkorb-Übungen, bei denen Sie unter Zeitdruck den Posteingang durchsehen und Entscheidungen treffen müssen, was wirklich wichtig ist und sofort erledigt werden muß, was warten

kann und was gut zu delegieren ist. Testziel ist die Überprüfung des allgemeinen Organisationsvermögens.

Jeder gegen jeden

In einer Art führerlosen Gruppendiskussion hat jeder seinen eigenen Standpunkt und seine berechtigten Forderungen zu vertreten. Dabei soll ein gemeinsames, von allen getragenes Ergebnis erarbeitet werden. Hier kommt es auf Kompromiß- und Kooperationsbereitschaft, aber auch auf Durchsetzungsvermögen an.

Einer gegen den anderen

Ein Rollenspiel wird durchgeführt. In der Regel müssen Käufer und Verkäufer einen Kompromiß finden und dabei Diplomatie, Eloquenz und Entscheidungskraft unter Beweis stellen.

Einer vor allen

Dabei geht es um einen Kurzvortrag bzw. eine Art Präsentationsübung. Sie bereiten sich auf ein Thema vor und unterhalten dann möglichst gut das verehrte Publikum, Ihre Beurteiler und Mitbewerber. Natürlich kommt es auf Rhetorik, Überzeugungskraft und Darstellungskunst an.

Generell geht es bei den ACs um die Überprüfung folgender Merkmale bzw. Anforderungen:

- Führungsfähigkeiten
- Initiative
- Kreativität
- Planung
- Kontrolle
- Flexibilität
- Entscheidungsfähigkeit
- Verhalten in Streßsituationen
- mündliche und schriftliche Kommunikationsfähigkeit
- Abhängigkeit von anderen Personen
- Interpersonelles Verhaltensrepertoire

Einige kritische Anmerkungen dazu:

ACs sind keineswegs das Nonplusultra. Diese keinesfalls neue Wunderwaffe ist nichts anderes als alter Wein in neuen Schläuchen. Verschiedene Einzeltestverfahren sind unter dem modischen Kürzel AC zusammengefaßt. Der Personalchef, der »in« sein möchte, macht keine Einzeltests, sondern ein AC. Alles halb so schlimm, es ist schließlich nur ein Spiel, ein Rollen-Spiel ... (s.a. den Hinweis zu unserem Buch »Assessment Center«, Buchende).

Persönlichkeitstests

Wer möchte nicht wissen, mit wem er es zu tun hat. Angefangen bei sich selbst bis hin zum Gegenüber, und natürlich insbesondere, wenn es um das Arbeitgeber-/Arbeitnehmerverhältnis geht. Die Persönlichkeitsmerkmale des Bewerbers stehen im Vordergrund und spielen bei der Auswahl oft die entscheidende Rolle.
Das jetzt in den Mittelpunkt gerückte Hauptkriterium gipfelt in der Frage: Paßt der Bewerber zu uns, fügt er sich möglichst reibungslos in das vorhandene Arbeitsteam ein, ist er ein einsatzbereiter, leicht zu »handhabender«, gut funktionierender potentieller Mitarbeiter?
Getestet wird das Ganze natürlich besonders im Vorstellungsgespräch. Aber manchen Firmen reicht das halt nicht aus.
Persönlichkeitstestverfahren zu durchschauen, überhaupt erst einmal zu wissen, was auf einen zu- und worauf es ankommt, ist das Gebot der Stunde für den Bewerber. Diese Kunst ist erlernbar.
Im wesentlichen geht es bei dieser Art von Tests um vier Persönlichkeitsmerkmale, aufgrund derer man glaubt, entscheiden zu können, ob Sie für eine bestimmte Position der richtige Bewerber sind:

- Emotionale Stabilität
- Kontaktfähigkeit
- Leistungsbereitschaft
- Geschlechtsidentität

Was unter diesen vier Begriffen zu verstehen ist, entschlüsselt die gleich folgende Übersicht.
Bei aller berechtigten Kritik an einem derartigen Einbruch in die Privatsphäre: Unser Anliegen ist es, Ihnen zu vermitteln, was Personalberatungsfirmen, Personalchefs und Betriebspsychologen z.B. unter emotionaler Stabilität verstehen. Schließlich geht es um Ihre berufliche Zukunft.

Emotionale Stabilität
Man unterliegt nicht grundlos Stimmungsschwankungen,
wird nicht von grundlosen Ängsten und Sorgen gequält,
kennt keine übertriebenen Schuldgefühle,
neigt nicht zu Perfektionismus,

ist nicht launenhaft,
nur sehr selten krank,
hat keine Schwierigkeit, sich auf seine Arbeit zu konzentrieren,
kennt keine Tagträumereien,
man leidet nicht unter Platzangst
usw. usw.

Kontaktfähigkeit
Man ist von der Grundstimmung her Optimist,
fühlt sich zusammen mit vielen Menschen wohl,
man trifft sich gern mit Freunden,
schließt schnell Freundschaften,
verfügt über einen großen Bekannten- und Freundeskreis,
erzählt auch gerne mal einen Witz,
ist in der Lage, auf Gesellschaften aus sich herauszugehen,
bevorzugt gesellige Freizeitbeschäftigungen,
empfindet keine Hemmungen beim Sprechen vor größeren Gruppen,
man hält es für wichtig, allgemein beliebt zu sein,
usw. usw.

Leistungsbereitschaft
»Erst die Arbeit, dann das Vergnügen« ist der Lebensgrundsatz,
man schiebt Arbeiten nicht auf und läßt begonnene nicht liegen,
arbeitet planvoll, überlegt und organisiert,
kann sich auf seine Arbeit konzentrieren,
man scheut den Wettkampf nicht,
vergleicht die eigene Leistung und Fähigkeit mit der der anderen,
verfolgt seine Ziele mit Entschlossenheit,
besitzt genug Kraft, um mit eigenen Problemen fertig zu werden,
zeigt sich ständig bemüht, voranzukommen, und genießt seine Freizeit erst dann,
wenn die Arbeit getan ist,
usw. usw.

Geschlechtsidentität
Dieser Merkmalsbereich ist von seiten der Tester in Personal- und Persönlichkeitsfragebögen eindeutig nach gängigen männlichen Rollenklischees ausgerichtet – auch Bewerberinnen werden an diesem dubiosen Maßstab gemessen.
Man ist optimistisch eingestellt,
kennt keine Angst,
man mag handfeste körperliche Tätigkeiten,
ist an Sport interessiert,
hat als Kind gern mit Spielzeugwaffen gespielt,
beim Anblick von Blut wird einem nicht übel,
technische Berufe werden musischen vorgezogen
usw. usw.

Die vier großen Themenbereiche emotionale Stabilität, Kontaktfähigkeit, Leistungsbereitschaft und Geschlechtsidentität sind etwas reduzierte, aber durchaus zutreffende Bereiche, aus denen viele Persönlichkeitstestfragen stammen, die darauf abzielen, Ihren Charakter zu erforschen. Mit ein wenig Übung gelingt es Ihnen, alle nur erdenklichen Fragen in diese vier Bereiche einzuordnen.

Es ist schwer, generelle Empfehlungen für das Beantworten von Persönlichkeitstests zu geben, aber achten Sie darauf, die Fragen nicht zu extrem in eine Richtung anzukreuzen. Es geht um die »richtige Mischung« aus folgenden drei Komponenten:

1. Wie stellt sich der Arbeitgeber den idealen Bewerber für diese Position vor?
2. Wie glauben Sie, wirklich zu sein?
3. Ausweichen auf die »teils/teils«-Position

Personalfragebögen – ausgefragt und abgeblitzt

Personalfragebögen bestehen häufig aus einer Sammlung von Dutzenden von Fragen oder zu bewertenden Aussagen, die ähnlich wie Persönlichkeitstests darauf abzielen, an »intime« Information über den Bewerber heranzukommen. Oftmals wird dem Ausgefragten gar nicht bewußt, daß er dabei ein ganz spezifisches Persönlichkeitsbild von sich preisgibt.

Angefangen mit relativ harmlosen Fragen zu Name, Alter, schulischer und beruflicher Ausbildung stoßen Sie früher oder später auf eine Anzahl von Fragen, die Sie mit Recht an die Persönlichkeitstests erinnern. Hier einige Beispiele:

»Sehr geehrter Bewerber,
der Fragebogen stellt eine Reihe von unterschiedlichsten Fragen, die Sie entweder mit Ja oder mit Nein beantworten sollen. Bitte beantworten Sie jede Frage ehrlich und spontan. Sie sollten dafür nicht mehr als fünf Minuten brauchen und zügig und rasch arbeiten. Ihr Ergebnis verbessert sich nicht, wenn Sie zu lange überlegen.«

Nun folgen etwa 70 Fragen, von denen hier nur einige zitiert seien:

- Passiert es Ihnen, daß Sie tagsüber von Dingen träumen, die dann doch nicht verwirklicht werden?
- Fühlen Sie sich oft unzufrieden und schlecht?
- Macht es Ihnen Freude, andere zum Narren zu halten?
- Als Sie Kind waren, haben Sie immer sofort und ohne Murren das getan, was man von Ihnen verlangt hat?

- Legen Sie immer Wert darauf, bei anderen einen guten Eindruck zu machen?
- Fangen Sie oft viel mehr an, als Sie wirklich schaffen können?
- Wandern Ihre Gedanken, wenn Sie versuchen, sich zu konzentrieren, oft umher?
- Würden Sie sich selbst als gesprächig bezeichnen?
- Können Sie sich in einer vergnügten Gesellschaft ungezwungen und unbeschwert bewegen?

Und und und, bis hin zu Fragen, ob man ab und zu dickköpfig ist, die Geduld verliert und wütend wird oder »ohne besonderen Grund so etwas wie ein miserables Gefühl hat«.

Ein Personalberater empfiehlt sich mit folgenden Fragen:
- Welche Menschen bewundern Sie am meisten (bitte Namen nennen)?
- Nennen Sie einige von Ihnen bevorzugte Bücher!
- Welches sind Ihrer Meinung nach die größten Mißstände:
  1) in der Welt
  2) in Ihrem Land
  3) in der Stadt
  4) in dem Unternehmen, in dem Sie derzeit arbeiten?
- Welchen Beruf würden Sie wählen, wenn Sie ohne Rücksicht auf Gehalt und Vorbildung frei wählen könnten?
- Welches Berufsziel haben Sie sich gesetzt, und was wollen Sie in 10 Jahren erreicht haben?

Beim Beantworten dieser selbstgestrickten Personalfragebögen sollten Sie hemmungslos von Ihrer Vorstellungskraft Gebrauch machen und sich in die Rolle des Personalmenschen versetzen, der Ihre Antworten liest. Es ist auch hier schwer, generelle Tips zu geben. Sicherlich sollte ein im Außendienst arbeitender Versicherungsvertreter andere Persönlichkeitsmerkmale haben als ein Mitarbeiter in einer Forschungsabteilung. Beim Ausfüllen eines solchen Persönlichkeitstests im Gewand eines Personalfragebogens kommt es darauf an, die Antworten im Sinne der vermutlich vom Arbeitgeber erwünschten Antwort anzukreuzen.
Die Persönlichkeitstestung wurde aufgrund Ihrer herausragenden Bedeutung im Vorstellungsgespräch besonders ausführlich besprochen. Zu den Intelligenz-, Logik- und Konzentrations-Leistungstests verweisen wir auf die im Anhang empfohlene Literatur.

Gehaltsverhandlung
Über das Auskommen mit dem Einkommen

Bestandteil eines Bewerbungsgesprächs ist natürlich auch die Gehaltsverhandlung. Wie schon angedeutet, sollten Sie das Thema Geld nicht zu früh ansprechen. Unter Umständen wird es erst in einem zweiten Auswahlgespräch verhandelt.
Sicherlich ist es nicht ganz leicht für Sie, den Wert Ihrer Arbeitskraft realistisch einschätzen, wenn Sie z.B. als Bewerberin nach einer längeren »Familienpause« wieder in den Beruf einsteigen.
Als Wiedereinsteigerin sollten Sie sich Informationen über die aktuellen Tarifgehälter und Sonderleistungen von den jeweiligen Gewerkschaften, Industrie- und Handelskammern, Verbänden oder Interessengemeinschaften besorgen.
Wenn Sie Ihren Arbeitgeber/-platz wechseln wollen, haben Sie es einfacher: etwa 10 bis maximal 20% mehr als Ihr derzeitiges Gehalt sollten Sie von Ihrem neuen Arbeitgeber verlangen. Begehen Sie dabei nicht den Fehler, bei der konkreten Nachfrage nach Ihrem Gehalt zu sehr zu mogeln – Personalchefs wissen in der Regel, was woanders gezahlt wird und haben, falls Sie mitten im Jahr eingestellt werden, irgendwann auch Ihre Lohnsteuerkarte vor Augen (s. S. 84, das Recht auf Lüge).
Verhandeln Sie möglichst immer über das Jahresgehalt und verdeutlichen Sie sich, bevor Sie in die Verhandlung gehen, durch eine präzise Aufstellung sämtlicher Neben- und Sonderleistungen, wie sich Ihr Gehalt in Ihrer alten Firma zusammengesetzt hat. Nur so können Sie wirklich einen genauen Vergleich anstellen und sich entsprechend finanziell verbessern.

Selbstbewußtes Auftreten

Gerade Frauen fällt es oft schwer, über Ihr Gehalt und den Wert Ihrer Arbeitskraft zu sprechen. Stärken Sie Ihr Selbstbewußtsein, und machen Sie sich vor der Gehaltsverhandlung ganz klar, daß Sie nichts zu verschenken haben und sich keinen Gefallen tun, wenn Sie zu große finanzielle Zugeständnisse machen. Frauen sind immer noch mit der Einstellung konfrontiert, daß ihre Arbeitskraft weniger wert sei als die von Männern. Irrtümlicherweise wird angenommen, daß die Familie die Energie raubt, die sie sonst ins Unternehmen fließen lassen könnten. Sie sollten sich gegen diese überkommene Vorstellung wehren! Es ist nicht bewiesen, daß Frauen mit Kindern in ihrem Beruf weniger leistungsfähig sind. Zudem kann man sich mit höherem Einkommen ohnehin für zu Hause eine Hilfe leisten.

»Wie hoch ist Ihr jetziges Einkommen?« fragt der Personalchef den Bewerber nach etwa 45 Minuten Gesprächsdauer. Ein Beispiel: Dieser Bewerber hatte sich auf das Stellenangebot einer international tätigen technischen Beratungsgesellschaft gemeldet, die einen Diplom-Ingenieur als Assistenten der Geschäftsleitung suchte. Im Anzeigentext wurden 80.000 DM Gehalt p.a. angeboten. Nicht zu Unrecht befürchtet der Bewerber, daß bei Nennung seines jetzigen Gehalts – knapp 60.000 DM, also 1/4 weniger als das Angebot dieses potentiellen Arbeitgebers – Zweifel an ihm als Kandidaten für die neue gehobene Position auftauchen würden.

Die 60.000 DM Jahresgehalt waren für den Bewerber mit ein wichtiger Grund, sich nach einer neuen, besser bezahlten Position umzuschauen. Damals, vor viereinhalb Jahren, noch quasi Berufsanfänger, zwei Jahre nach dem Hochschulabschluß, schien ihm die Bezahlung nicht so wichtig. Insbesondere das Aufgabengebiet bei der jetzigen Firma fand er seinerseits attraktiv und den Einstieg wert.

Aufgrund verschiedener Einflüsse und Entwicklungen war für ihn jetzt der Zeitpunkt gekommen, sich nach einer neuen Position in einem anderen Unternehmen umzusehen. Dem Bewerber war klar, daß er sich mit der Frage auseinanderzusetzen hatte, wieso er bisher für lediglich 60.000 DM p.a. gearbeitet habe. Er befürchtet nicht ohne Grund, daß die Konsequenz daraus bedeuten könnte, mit 70.000 DM bei einem Wechsel »eingekauft« zu werden. 80.000 DM lagen also sehr deutlich über dem, was der neue Arbeitgeber in der Regel in Relation zum vorherigen Gehalt zu zahlen bereit ist.

»Unzulässig ist ... die Frage nach der früheren Arbeitsvergütung (sie dient ja unter anderem dazu, eventuelle Lohnansprüche des Bewerbers zu dämpfen)«, so Eckehart Stevens-Bartol, Richter am Bayrischen Landessozialgericht.

»Verrate mir dein Jahreseinkommen, und ich sage dir, was du wert bist«. Nicht selten versucht der potentielle Arbeitgeber, durch direktes Erfragen das aktuelle Gehalt, die Jahresbezüge des Bewerbers in Erfahrung zu bringen. Hintergrund ist die Überlegung, daß ein Kandidat mit bisher 60.000 DM Jahreseinkommen nicht unbedingt auf einen Schlag einen so großen Gehaltssprung zu machen braucht, der ihn jetzt 80.000 DM im Jahr verdienen läßt. Dieser Kandidat – so der Gedankengang – wäre wahrscheinlich auch mit ei-

ner Steigerung auf 70–75.000 DM zufrieden und damit für den Arbeitgeber »preisgünstiger« als ein anderer Bewerber. Darum findet sich in Stellenangeboten auch häufig der Hinweis, man möge sich im Bewerbungsschreiben zu seinen Gehaltsvorstellungen äußern.
Dem muß leider vermehrt Rechnung getragen werden, weil evtl. bei Nichtbeachtung »Aussortierung« droht. Hier bietet es sich an, den Gehaltswunsch als »von–bis«-Formulierung zu präsentieren (z. B. »...zwischen 50 und 60 TDM p. a. ...«).

Manchmal ist weniger mehr

Aber nicht nur bei einer größeren Differenz zwischen dem aktuellen und dem potentiellen Gehalt zugunsten einer deutlichen Gehaltsverbesserung gibt es Probleme, sondern speziell auch im umgekehrten Fall: Wenn also ein Bewerber aktuell z.B. 100.000 DM im Jahr verdient, sich nun aber, aus welchem Grund auch immer, neu orientieren möchte oder muß, und auf ein Stellenangebot meldet, das pro Jahr 90.000 DM in Aussicht stellt, also 10.000 DM weniger, tauchen ganz besondere Probleme auf.
Der potentielle Arbeitgeber wird sich über den freiwilligen Gehaltsverzicht wundern und den Bewerber möglicherweise nicht in die engere Wahl ziehen, da er davon ausgeht, daß bei einer Gehaltsverschlechterung die Motivation des Arbeitnehmers zu wünschen übrig läßt.
Nun mag es sowohl für den Arbeitnehmer wie auch für den Arbeitgeber gute Gründe geben, die diese Annahme bestätigen. Verallgemeinern sollte man sie aber besser nicht. Sind Sie als Arbeitnehmer in der schwierigen Situation, wechseln zu wollen und auch gerne einen gewissen Gehaltsabschlag dafür in Kauf zu nehmen, müssen Sie davon ausgehen, daß man Ihnen mit Mißtrauen begegnet. Bauen Sie deshalb eine plausible Abwehrargumentation auf. Der sogenannte Gehaltsabstieg ist auf jeden Fall erklärungsbedürftig.
Es gibt also gute Gründe, einem potentiellen Arbeitgeber sein aktuelles Gehalt nicht sofort und detailliert zu offenbaren.
»Wie hoch ist Ihr Einkommen zur Zeit?« fragt der Personalchef den Bewerber.
»Ich kann mir gut vorstellen, mit den von Ihnen im Inserat angebotenen 90.000 DM pro Jahr zunächst auszukommen«, antwortet der Bewerber.
»Wie darf ich das verstehen?« fragt der Personalchef, der das »zunächst« nicht überhört hat.
»Wenn ich gesagt habe »zunächst«, dann gehe ich davon aus, daß sich im Laufe der Zeit vielleicht doch Gehaltserhöhungen ergeben werden.«

»Aber sicher doch, selbstverständlich«, bemerkt der Personalchef und setzt noch einmal nach: »Wie sieht denn Ihr aktuelles Monatseinkommen aus?«
»Nun also, meine Jahresbezüge bei meinem jetzigen Arbeitgeber unterscheiden sich schon etwas von dem, was Sie in Ihrem Angebot benannt haben. Gibt es bei Ihnen im Hause bereits Vorstellungen, wann Sie bereit wären, über eine Gehaltsverbesserung nachzudenken?«
Wieder ist der Personalchef beschäftigt und hoffentlich abgelenkt. Es ist nicht unwahrscheinlich, daß es dem Bewerber auf diese Weise gelingen könnte, das Gespräch von der Frage nach seinen aktuellen Bezügen wegzuführen, ohne sich offenbart zu haben bzw. kraß lügen zu müssen.
Es kann also durchaus ohne größere Schwierigkeiten gelingen, sich beim Thema »aktuelles Gehalt« in Relation zum potentiellen neuen Gehalt nicht sofort in die Karten schauen zu lassen.
Natürlich kann man sich als Bewerber auf die direkte Frage nach den aktuellen Bezügen nur sehr schwer verweigern, sozusagen den »stummen Fisch« markieren. Andererseits sitzt Ihnen weder ein Finanzbeamter der Steuerfahndung noch Ihr Steuerberater gegenüber, so daß Sie sehr wohl etwas großzügiger und weniger präzise auf- bzw. abrunden können und ggf. auf weitere Vergünstigungen, Sozialleistungen besonderer Art, Extras usw. hinweisen können, oder diese überschlagsartig mit einrechnen, um den Jahreseinkommensbetrag schön gerundet zu präsentieren.
»Ich erwarte im Jahr mindestens 90.000 DM« wäre auch eine Antwortmöglichkeit auf die Frage nach den konkreten Jahresbezügen.
Es liegt auf der Hand, daß ein Arbeitnehmer, der seinen Arbeitsplatz wechseln möchte, damit die Hoffnung verbindet, auch sein Einkommen zu verbessern. Insbesondere bei einer stärker ausgeprägten Karriereorientierung ist es die natürlichste Sache der Welt, daß sich der Wechsel auch auf Ihre Bezüge auswirkt. Die Verbesserung um etwa 15% ist für den Um- bzw. Neueinstieg der Regelfall. Eine erwünschte Steigerung um 5% führt von Seiten des Arbeitgebers zum Hinterfragen der Arbeitsmotivation, und Verbesserungen von mehr als 20% ziehen starken Leistungsdruck nach sich bzw. Gedanken, ob Sie die Investition wert sind.

Auf die Vorbereitung kommt es an

Zur Vorbereitung auf die wichtige Gehaltsdiskussion gehört unbedingt eine Marktanalyse unter dem Aspekt »Was wird gezahlt, wo liege ich dabei aufgrund meiner Kompetenz?« Informationen erhalten Sie bei den Berufs- und

Interessenverbänden, Gewerkschaften sowie in den entsprechenden Fachzeitschriften für Ihre Berufsbranche.
Die einschlägigen Wirtschaftszeitungen und -zeitschriften bieten z.B. den Führungskräften regelmäßig Übersichten, was in den verschiedenen Branchen und Positionen verdient wird.
Nun liegt es bei Ihnen, die eigenen Fähigkeiten, Ihren Erfahrungsschatz zu »taxieren« und ein Preismarketing für Ihre »Ware« Arbeitskraft vorzunehmen.
Ob Sie nach der Maxime »Qualität ist kein Zufall und hat ihren Preis« oder nach dem Motto »Bescheidenheit ist eine Zier« handeln, bestimmen Sie selbst. Erfahrungen zeigen: Wer sich als Bewerber eindeutig unter Wert anbietet, wird nicht geschätzt. Wer sich überschätzt, hat es sicher auch nicht leicht. Es scheint aber oftmals leichter, einen Kredit über 10 Millionen DM zu bekommen, als einen über 10.000 DM.
Lesen Sie zu diesem wichtigen Thema auch unser Buch: VERDIENEN SIE SOVIEL, WIE SIE VERDIENEN? (Eichborn Verlag, Frankfurt a. M.).

Einstieg
Die ersten 100 Tage

Die beiden Unterschriften, die Ihres zukünftigen Arbeitgebers und die Ihrige unter dem Arbeitsvertrag, sind keinesfalls – wie man denken könnte – der krönende Abschluß Ihres Bewerbungsverfahrens. Das Sich-Bewerben geht weiter.
Die Eingliederung neuer Mitarbeiter in ein Unternehmen läßt sich in drei aufeinanderfolgende Phasen einteilen:
Nach der Phase der Vorbereitung (Bewerbung, Auswahlverfahren, Wünsche und Hoffnungen) folgt mit dem Eintritt in das Unternehmen die Phase der Orientierung. Hier geht es hauptsächlich um die wechselseitigen Erwartungen, also die des neuen Mitarbeiters an die Organisation und umgekehrt. Daß dies häufig als Realitätsschock oder milder als Überraschung erlebt wird, ist bedauerlicherweise nicht außergewöhnlich. Entsprechend sind Enttäuschungen und die Auseinandersetzung mit ersten Konflikten vorprogrammiert.
In der dritten Phase geht es um den Versuch der Bewältigung von Widersprüchen zwischen Erwartungen und der Realität, aber auch der bewußten Integration bzw. Anpassung an die vorhandene Organisation. Dabei kommt es vor allem auf das Aneignen von Verhaltensweisen an, das Aufnehmen der zugedachten Rolle, um nunmehr als vollwertiges Mitglied der Arbeitsgemeinschaft seinen Teil zum Ergebnis oder Ziel beitragen zu können.
Es liegt auf der Hand: Die erste Zeit an einem neuen Arbeitsplatz ist im wesentlichen durch Unsicherheit, z.T. sogar auch durch Angstgefühle und das Erleben von Streß gekennzeichet. In dieser durch wechselseitige Verunsicherung geprägten Phase kommt es auf beiden Seiten zu Einstellungen und Verhaltensweisen, die sich im unglücklichen Falle für den Fortbestand des Arbeitsverhältnisses und ein entsprechendes Engagement von Arbeitnehmerseite negativ auswirken können.
Ungelöste Konflikte in der Einarbeitungszeit führen nicht selten zu Kündigungsphantasien bzw. zu vorzeitigem Ausscheiden aus dem Unternehmen. Daß dies mit erheblichen Kosten für beide Seiten verbunden ist, dürfte klar sein. Um so mehr ist die Forderung berechtigt, daß die Einarbeitungszeit gerade von Seiten des Arbeitgebers aktiv erfolgreich mitzugestalten sei. Hier muß der nicht einfachen Sozialisation und Eingliederung des neuen Mitar-

beiters viel mehr Aufmerksamkeit gewidmet werden, als dies bisher meist geschieht.
Sie als neuer Mitarbeiter können dazu beitragen, indem Sie sich über Ihre Schwierigkeiten offen austauschen.
Nehmen Sie sich genügend Zeit für intensive Gespräche. Fragen Sie präzise nach dem, was von Ihnen erwartet wird. Hören Sie heraus, was man Ihnen auch an indirekten Botschaften vermittelt.
Prüfen Sie die Vorschläge und Wünsche Ihrer neuen Kollegen genau. Diese kennen sich in dem für Sie noch unbekannten Unternehmen besser aus und können Ihnen wertvolle Informationen für eine erfolgreiche Einarbeitung geben.

Merksätze
Die häufigsten Fehler und wie Sie diese vermeiden

- Ein Kardinalfehler von Bewerbern ist die unzureichende Vorbereitung auf die Prüfungssituation Bewerbung.
- Die innere Vorbereitung – die richtige Einstellung zur Einstellung – ist ein entscheidender Faktor.
- Es ist nicht leicht, aber sehr wichtig, herauszufinden, wer man ist, was man kann, was man will und was möglich ist.
- Recherchieren geht über probieren.
- Arbeitsplatzsuche und Sich-Bewerben ist Schwerstarbeit.
- Bewerbungsanschreiben und Lebenslauf sind mindestens jeweils ein Tageswerk. Die gute Vorbereitung auf ein Vorstellungsgespräch braucht Tage, wenn nicht Wochen.
- Form- und Inhaltsfehler in den Bewerbungsunterlagen sind meistens der Grund, warum Bewerber nicht zum Vorstellungsgespräch eingeladen werden, nicht etwa die mangelnde Eignung. Ganz besonders in diesen Zeiten kommt es auf die Verpackung, auf die gelungene Präsentation an.
- Selbstdarstellung will geübt sein. Auch ein Schauspieler muß seine Rolle einstudieren, muß sich vorbereiten und üben.
- Die Fragen des Vorstellungsgesprächs stehen vorher bereits fest. Überlegen Sie sich vorab Ihre Antworten und die Tendenz Ihrer Präsentation.
- Bereiten Sie sich gezielt auf Ihr Gegenüber vor (Person, Institution, Aufgabe).
- Als Bewerber sollten Sie wissen, was und wie Sie etwas sagen wollen. Insbesondere aber muß Ihnen klar sein, was Sie nicht sagen wollen und wie Sie mit Worten schweigen können.
- Es geht im Vorstellungsgespräch primär um Sympathie, Leistungsmotivation und Kompetenz. Sympathie müssen Sie gewinnen, Leistungsmotivation und Kompetenz werden Ihnen dann zugeschrieben.
- Verdeutlichen Sie sich: Sie bestimmen den Verlauf des Vorstellungsgesprächs weitestgehend mit.
- Angemessene, selbstbewußte Gelassenheit und höfliche Konzentration kennzeichnen einen erfolgreichen Bewerber.
- Das per Grundgesetz geschützte Persönlichkeitsrecht setzt dem Fragerecht

des Arbeitgebers Grenzen. Wo er es überschreitet, dürfen Sie ungestraft lügen.

- Es gibt keine unangenehmen Fragen im Vorstellungsgespräch, wenn Sie die richtige Einstellung haben, gut vorbereitet sind und somit stets angemessen antworten können.
- Was immer man gegen Sie einwendet, es kommt darauf an, wie Sie damit umgehen.
- Sprechen Sie nie negativ über ehemalige Vorgesetzte, Kollegen oder Arbeitsplatzbedingungen.
- Ausdauer, Geduld und Gelassenheit sind die wichtigsten Eigenschaften im Bewerbungsmarathon.
- Bedenken Sie: Wir sind nicht auf der Welt, um so zu sein, wie andere uns haben wollen.

Hinweis auf weitere Titel von Hesse/Schrader bei Eichborn

Optimale Bewerbungsunterlagen Strategien für die Karriere

Die schriftliche Bewerbung perfekt gestalten und überzeugend präsentieren.

DM 39,80, öS 295,–, sFr 37,–, ISBN 3-8218-1294-X

Bewerbungsstrategien für Führungskräfte

In Industrie – Handel – öffentlichem Dienst den Karrieresprung wagen.

DM 29,80, öS 221,–, sFr 27,50, ISBN 3-8218-1290-7

Bewerbungsstrategien für Hochschulabsolventen

Personalchefs prüfen anders als Professoren.

DM 29,80, öS 221,–, sFr 27,50, ISBN 3-8218-1406-3

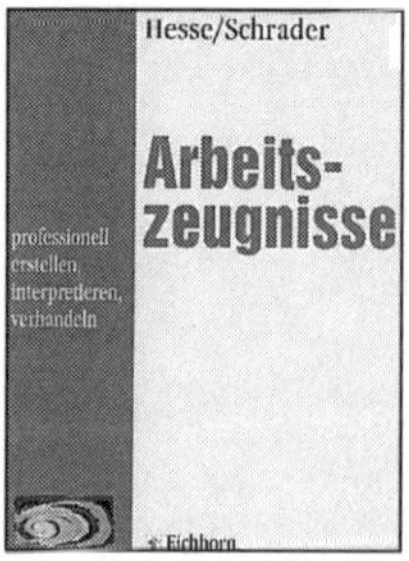

Arbeitszeugnisse

Die Orientierungs- und Verständnishilfe

DM 19,80, öS 147,–, sFr 19,–, ISBN 3-8218-1270-2